达州文艺精品资助／巴山文学院签约项目

巴山诗选

——达州当代传统诗词三百首

孙仁权 主编

中国文联出版社
http://www.clapnet.cn

图书在版编目（CIP）数据

巴山诗选：达州当代传统诗词三百首 / 孙仁权主编 . -- 北京： 中国文联出版社 , 2019.12
ISBN 978-7-5190-4253-0

Ⅰ. ①巴… Ⅱ. ①孙… Ⅲ. ①诗词－作品集－中国－当代 Ⅳ. ① I227

中国版本图书馆 CIP 数据核字（2019）第 279992 号

巴山诗选——达州当代传统诗词三百首

主　　编：	孙仁权		
终审人：	闫　翔	复审人：	冯　巍
责任编辑：	邓友女	责任校对：	陈艳飞
封面设计：	惟文文化	责任印制：	陈　晨

出版发行　中国文联出版社
地　　址　北京市朝阳区农展馆南里 10 号，100125
电　　话　010-85923078（咨询）85923000（编辑部）85923020（邮购）
传　　真　010-85923000（总编室），010-85923020（发行部）
网　　址　http://www.clapnet.cn　http://www.clapplus.cn
E - mail　clap@clapnet.cn　dengyn@clapnet.cn
印　　刷　成都市金雅迪彩色印刷有限公司
装　　订　成都市金雅迪彩色印刷有限公司
法律顾问　北京市德鸿律师事务所王振勇律师
本书如有破损、缺页、装订错误，请与本社联系调换

开　　本：	700×1000		1/16
字　　数：	128 千字	印　张：	8.5
版　　次：	2019 年 12 月第 1 版	印　次：	2019 年 12 月第 1 次印刷
书　　号：	ISBN 978-7-5190-4253-0		
定　　价：	45.00 元		

版权所有　翻印必究

达州文艺精品资助 / 巴山文学院签约项目

顾　问：包　惠　　郭亨孝
主　任：洪继诚　　丁应虎
副主任：冉长春　　方　江
成　员：龚兢业　　龚肃川　　贾洁晶

总 序

中国四川达州，巴渠大地人文底蕴深厚，自古诗韵文风流长。巴文化熏陶下的文艺名人灿若星辰，巴山作家群闻名遐迩，巴山诗歌城、巴山诗派名副其实，巴山画家群、巴山摄影人、巴山书家等文艺品牌影响日盛。

党的十八大以来，面对各种文艺思潮、文艺现象、文艺批评中存在的问题，习近平同志提出"坚定文化自信，用文艺振奋民族精神""坚持服务人民，用积极的文艺歌颂人民""坚守艺术理想，用高尚的文艺引领社会风尚"等中国特色社会主义文艺论断，有力丰富了马克思主义文艺理论，具有极强的现实指导意义。2016年，达州市总结提炼党的十八大以来在文艺方面的有益探索，创新实施繁荣发展社会主义文艺"1+3"新政，开展巴渠文艺奖评选、文艺精品项目扶持、文艺"双师双下"三大举措，规划5年投入5000万元，扶持鼓励文艺精品创作生产，特别是巴山大剧院、巴山文学院、巴山书画院、巴文化研究院、达州文艺之家、515艺术创窟等文艺阵地相继建成投入使用，为文艺家创作提供了阵地保障，也是贯彻落实习近平新时代中国特色社会主义思想的具体实践，更是弘扬中华优秀传统文化、延续振兴达州文脉的务实之举。

当前，达州文艺创作进入了厚积薄发阶段，优秀作品层出不穷，精品力作不断涌现。此次市委市政府全额出资出版的系列书籍，包含诗词、小说、散文等文学体裁，以及美术、书法、摄影等艺术门类，集中展示了全市最新的文艺创作成果，希望全市文艺工作者能够增添信心和动力，坚持以人民为中心的创作导向，不断创作出具有中国气派、巴蜀风骨、达州特质的文艺精品力作，助力"全国巴文化高地"建设，为达州实现"两个定位"、争创全省经济副中心贡献文化力量！

编者

2019年12月9日

序

　　首先我要感谢周啸天教授为本选集题写书名。

　　达州传统诗词发展到今天，应该有一个阶段性的总结。对当代达州传统诗词进行研究、总结的历史责任就落在我们这一代身上。我虽才学粗浅，但我有决心，所以计划用"三步走"来完成对达州诗词的总结研究：第一，《巴山诗话》十四万字已完稿付印；第二，《巴山诗选——达州当代传统诗词三百首》编写完成并将付印；第三，《巴山诗派》也开始动笔，计划2019年完稿。这只是我做的一些工作，或许还有更多的朋友也已开始在做和准备做这项有意义的事。

　　我们所处的时代，正是一个大变革、大发展的时代，中华民族处在前所未有的稳定、繁荣时期，与之相适应的文学艺术也处在大变革、大发展中。在商品经济和金钱至上观念的冲击下，一段时期内，文学好像被冷落、被边缘化。当然每一个人处在这样的环境中，必然要为自身的生存寻找立足点，对艺术的需求没太大热情是可理解的。但是，请别忘了，艺术的需求是每个时期的必然，哪怕是低级的原始社会，也有随之相适应的艺术存在，原始社会时期刻在石壁上的简单的壁画就可说明。历史表明，越是经济发达的社会越是需求艺术，中国古代汉唐的繁荣，带来与之相适应的诗赋空前的繁荣；宋代经济处于世界领先地位，同样也带来词的发展和繁荣。这些不是很有说服力的例子吗？

　　选编这本集子，绝不是一时心血来潮。中华诗词学会早就提出了在普及的基础上，努力出精品的战略思路。传统诗词是中华文化的国粹，虽然在一定历史时期遭到冲击、否定，一段时间甚至把它当作封建糟粕予以摒弃，且至今这种余毒还残留在一些人的脑中作祟。但是，中华文化之脉源远流长，其民族文化的特性和民族的土壤是它赖以生存和发扬的保证。诗歌是炎黄在神州播下的文化种子，从《诗经》、南北朝民歌、乐府、古体诗、近体诗(律绝)、新乐府、宋词、元曲到目前网络中又在倡导的新国风等，它必然要在其母本的基础上和不断进化的过程中求发展、创新。中华诗词自二十世纪八十年代复苏以来，以排山倒海之势崛起在中华大地以及全球有华人居住的地方。目前，全国每个省、市、县几乎都有诗词学会和民间诗词社团，并都有定期和不定期的诗词刊物发表其创作的作品，全国写诗词者有几十万人，爱好和阅读传统诗词者有几百万人，一年写出的诗词总量相当一个《全唐诗》。《中华诗词》刊物发行量多年都居所有刊物之首。作为中华诗词学会一名基层会员，总结一下本土当代诗歌创作，在其中选出本市内创作较好的、有代表性的作品，这是义务所在。

早在一年前，我就在做这方面的选编工作了。首先是尽其所能收集达州籍诗家已出版的诗词集子，一本一本地阅读、初选并作记号，也在本地一些诗刊、网络论坛、QQ群中选找。没做过统计，选出的这三百来首诗词，或许是在几万首中捞出来的吧。选编中难免有误，也有因选择角度和水平原因，难免有遗珠之憾。并且，所谓选本，必然带有选者个人追求的艺术特性和眼光，这个选本，只是我一人主观选编的观点，只是抛砖引玉，相信今后会有更多更好的达州当代诗词选本出现。

在选编《巴山诗选——达州当代传统诗词三百首》时，得到了达州市委宣传部、市文联、市诗词学会的肯定和支持，并提出了选编的宝贵建议。

达州当代传统诗词的复苏与发展，几乎是以和全国一样的步伐行进。二十世纪八十年代，贾之惠、尹祖健、刁达钧等一批老前辈，以沙龙和茶座的形式，把传统诗词爱好者聚集在一起吟诗作对。传统诗词的复苏，对他们的精神是最大的震撼，他们感慨，他们兴叹，抒发出了对时代发展、大好河山的内心独感，并编印出了《戛云诗稿》《龙爪诗文》等很好的诗词集子，将"五四"以来已经断层的传统诗词，又继承下来了，是他们重新开辟了达州市传统诗词的新纪元。2014年10月15日，习近平在文艺工作座谈会上的讲话更指明了文艺创作的方向。习主席在第四个问题——《中国精神是社会主义文艺的灵魂》中提到:"文艺创作不仅要有当代生活的底蕴,而且要有文化传统的血脉。'求木之长者,必固其根本;欲流之远者,必浚其泉源。'中华优秀传统文化是中华民族的精神命脉,是涵养社会主义核心价值观的重要源泉,也是我们在世界文化激荡中站稳脚跟的坚实根基。增强文化自觉和文化自信,是坚定道路自信、理论自信、制度自信题中的应有之义。如果'以洋为尊''以洋为美''唯洋是从',把作品在国外获奖作为最高追求,跟在别人后面亦步亦趋、东施效颦,热衷于'去思想化''去价值化''去历史化''去中国化''去主流化'那一套,绝对是没有前途的!"习主席的讲话更进一步地增强了传统诗词作者的信心。纵观当代诗歌领域,由于网络、社团对传统诗词的冲击,现代诗歌这种舶来品,也在慢慢省悟,也在考虑不适应而面临萎缩的问题,也在考虑汲取中华文化的母乳,也不得不向中华诗词精髓学习和借鉴。可以这样说,现代诗与传统诗词绽开于诗坛,这就是当前或者说今后中华诗歌领域的必然走向。老百姓有一句俗语是"萝卜青菜,各有所爱",言之每个人有每个人的口味,不能千篇一律,有的人喜欢小说、散文,有的人喜欢现代诗,有的人喜欢传统诗词,那么,我们为什么要褒此贬彼呢?

周啸天教授以传统诗词集《将进茶》获得鲁迅文学奖的诗歌奖,重新翻开了传统诗词创作新的一页。不得不承认,这些迹象越来越明显地显示出几千年积淀下来的扎根民间、家喻户晓、老少皆宜的中华传统诗词,以它独有的、短小的、意味深长的形式放着光彩。有几个中国老百姓知道国外诗人的名?能诵外国诗歌?有几个中国老百姓知道本国出了几个现代诗的大诗人?能诵他们的诗?可他们却知道,"床前明月光,疑是地上霜""慈母手中线,游子身上衣""欲穷千里目,更上一层楼""羌笛何须怨杨柳,春风不度玉门关""秦时明月汉时关,万里长征人未还"等大批脍炙人口的佳作。他们都知道李白、杜甫、白居易、苏东坡等,中华诗词已深入到亿万中国老百姓心中,读者之多无与伦比。中国的老百姓和许许多多外国朋友,也从古体诗词中知道，武汉有座黄鹤楼，苏州有座寒山寺，山西黄河边有座鹳雀楼，四川奉节长江边有座白帝城，这些地方一经诗人之手，广大民众无可不知，无可不亲，无可不叹。这是值得我们去深思的，或许这就是几千年中华诗词的魅力所在吧。

在达州这块文化土壤上，多元文化的发展是必然的，无论何种体裁的文学载体都是反映大时代的需要。作为传统诗词作者，也要像小说、散文、新诗等文学形式一样，经我们之手写出一批具有达州特色的精品之作来。达州有很深远、很浓厚的诗词底蕴，历史上新乐府运动的奠基人之一——元稹在达州就写出了很多传世之作，刻于凤凰山麓的《连昌宫词》便是很好的例证。难道不能经我们之手，用诗词形式把"戛云亭""八台山"等具达州特色的风物宣传出去，让世代中国老百姓铭刻于心吗？

清人蘅塘退士（本名孙洙），从四万八千余首《全唐诗》中选编出了《唐诗三百首》，三百余首诗中涵盖全唐的诗人只有77位，所选诗者"三教九流"：帝王、和尚、歌女、无名氏等，三百余首中杜甫所选诗量第一，其次是王维、李白、李商隐、杜牧，只选一首两首的著名诗家也不少。然而，绝句选得最多的却是杜牧九首，李商隐七首，而李白选二首，杜甫只选一首。选编《巴山诗选——达州当代传统诗词三百首》，基本上也是以诗词家在某方面创作的偏重而选的。在选编过程中其难处和压力是相当大的，希望大家理解和支持。

选编《巴山诗选——达州当代传统诗词三百首》，我是从以下几方面入手的：

一是选编的数量是三百首。蘅塘退士把《全唐诗》那么多的名家那么多的名篇才选三百首，达州选三百首比较合适。所选诗家的诗一般偏重于他的特长。如周啸天、子希的歌行体；胥健的词；李荣聪、冉长春的绝句；邓建秋、谭顺统的七律；安全东的五律等。在选的诗词家有59位，59位诗词家其中有工人、教师、机关单位的领导和职工，也有祖祖辈辈家在农村的同志，在农村多年的知青。选面较宽，有得"鲁迅文学奖"的，也有不出名的诗词爱好者。选编立足选择普及性高的高质量的诗作，这关键在诗词本身质量和偏重现实主义的立意。

二是选编诗词的时代性。立足当代选诗，继承和发扬新乐府的表现形式和内容，"文章合为时而著，歌诗合为事而作"的现实主义精神，所表达的内容和情感，必须是当代的人和事物，要具有时代的特色，在诗歌中处处能让读者体会到这个时代所呈现出的纷繁的事态。诗词作为一种历史的例证，能触摸到时代的喜悦与忧伤，奋进与彷徨，和谐与杂乱。

三是选编诗词的艺术性。诗词是形象的表达，是需要用物象来表达诗家情感的，不是直说。无兴致写出的诗词会干瘪无味，更说不上意境的高远了，真正的好诗词要有真情实感，好诗词不是闭门造车出来的，必然是在某种特定的场合，有特定的事物激发了诗家的某种最敏感的神经一气咏出来的，即有感而发。也必然会在读者中产生共鸣，绝不是标语口号式的、唱词般的、无形象表达的写作，很多人写了很多所谓的诗词，真正能找出像样的来却很难，很多诗词写成了报告体、说教词、政化体，现在的流行说法是"老干体"。说真的，这种诗词读着如同嚼蜡，如同听简短的新闻或是发言，毫无艺术性。当前真正达到能熟练地驾驭诗歌艺术描写，来表达情感的诗词家并不多，也不可能多。有许多写诗词的朋友，都会认为自己的诗词是当今最好的，容不得任何人的批评。还有的人，只管押韵和平仄，不管意境如何，前言不搭后语的、意思散乱的，也以为自己的诗词很不错。

要说诗词，普及与引导是两个必不可少的轮子，如果放任鼓励普及去替代正确的引导出精品，那就是一种典型的不负责任的态度。有些人不能因为自己处于低位就认为可以把标准降低，甚至漠视高雅的存在，这是对人类智慧的极大不恭，这正是当前诗词界存在的最大问题。把世俗的溜须拍马之风带入诗词界，你好我好大家好，互相吹捧，相互迎合，又怎么出得了精品呢？

那些写一点个人的小情绪、小感触的怎么能赶得上关于我们生活、生命和存在的反思呢？除非升华到"类"的高度，这就叫超越，而不是小感触了。

四是选编诗词的可接受性。选出的诗词不要隔离现代读者，这就要求用语现代性，状物常见性，如果写出的诗混同于唐宋或以往的时代，再好的诗也不属于这个时代了。有些诗在语言上过于追求雅，用典偏冷且多，从而读起来难懂，这样大大影响了阅读者的审美情趣，虽是佳作，但读者宁可选平易近人、白描易懂而又意蕴深刻的诗作。

五是选本不作注释。因"诗无达诂"，读诗词者站的角度不同，因此对诗词的理解也不同，评价也不同。字面意和典故易查易懂，难的是理解诗的寓意。诗词表现是在一定的背景下的，绝不是空穴来风，诗家写作必然有自己的兴致所发，比如刁达钧先生的《下乡落户》："拖儿带女入柴门，渔渚陇头又一村。锄罢夕阳无个事，清风明月不嫌贫。"如果不了解他的人生背景，怎么能理解此诗含意的深刻呢？所以不作注释只要诗家简介，这样对大多数读者阅读是有帮助的。在收集中，由于有些诗家的一些情况已无从查证，所以简介就略。每一位诗家在作诗时，必然有其自己的诗观，我们在收集时要求写出，但很多人和诗都是在其他诗词选本中收集来的，也就不能有其诗观了。再则，选诗词中遇着很多诗家都有相同的表现内容，并且都是很好的诗词的情况，因某个诗家已选该种题材，为了拓宽选编的内容就只好不再重复选用而另选了。

我们正处在政治和谐、经济发展的改革开放时代，文学艺术也必然同步发展，看一些评论说，诗词还处在"有数量缺质量，有高原没高峰"的状况。达州诗词也可以说处在同样一种状态中。诚然，诗词创作有其自身的规律性，不是机械地加班、熬夜就能产出来的，写诗词是需要有灵气、功力、才能、智慧的，要靠自身的社会阅历、知识积累、情感。要产生精品力作，更需要超人的天才。

在几万首诗词中选出三百首来，虽然不敢说是精品，但从艺术境界、时代张力、可阅读方面，还算过得去的。除非因我不知道的诗家，有可能遗漏少部分写得较好的诗外，基本上该选的都选了。选本的初衷就是整理、挖掘、筛选达州有代表性的作品。这个目的达到了，我想，也不枉自讨苦吃的一片心吧。

孙仁权

2017年11月28日于渔渚山庄

说 明

一、编选时段：1949年10月—2017年12月。

二、编选体例：绝句、律诗（不包括排律）、古体诗、词、曲。

三、诗用韵可放宽至宽韵。不含新韵。

四、编选排序以作者姓氏笔划为序，以人为编，不按体例分编。

五、所选作者是当代达州籍的和在达州工作、生活过的作者，重点选在达州工作的作者。

六、不作注释，只写作者简介。

目 录
CONTENTS

001　总　序
003　序
009　说　明

◎ 刁达钧
01　下乡落户
01　九四岁杂感之五
01　九　卿
02　哈哈镜
02　戏吟泡桐花
02　忆武汉张翔麟君
02　天儒君乔迁万源
02　野　趣
03　期颐感赋
03　千秋岁·九五初度有感
03　鹧鸪天·赠尹祖健教授

◎ 刁桂烈
04　游武隆天坑
04　受邀去友人家作客

◎ 王膏若
04　小　草

◎ 尹祖健

 05 赞"晚霞队"

◎ 冉长春

 06 望北大图书馆怀毛公
 06 过卢沟桥
 06 成都某旧厂见一对翁孙
 07 绿色盆栽换土口占赠友
 07 宝石湖赏橙
 07 见妻白发初生
 07 老　兵
 07 万源黑宝山采风（选三）
 08 兰州文溯阁观《四库全书》有思
 08 万源茶山小诗
 08 过碧瑶庄园
 09 岭　上
 09 悼余光中先生兼说岛上情势
 09 读唐玄宗"吾貌虽瘦天下必肥"句感马嵬坡事
 09 读钱钟书《〈宋诗选注〉序》
 09 秦岭道中
 10 子陵滩
 10 百岛湖
 10 宝塔坝观荷
 10 三苏祠留影
 10 过文天祥墓
 11 谒王国维碑
 11 清明书所见
 11 太平村

◎ 邓建秋

12　抗战歌步丘仓海《岁暮杂感》韵（十首选二）

12　光雾山看红叶

13　黄河九曲第一弯

13　观黄河壶口瀑布

13　游大理

13　登大雁塔

14　观兵马俑

14　首届"杨牧诗歌奖"颁奖典礼在渠县举行感赋

14　三汇轮渡

14　夜游西安

15　重回西师

15　金缕曲·牛奖驴友聚会

15　金缕曲·丁酉春节

◎ 石兆华

16　临池有感

◎ 安全东

17　拟望秋

17　大巴山杂咏（选三）

18　拟旅怀

18　夏日乡村绝句（选一）

19　青海玉树震后七日感赋

19　犀牛山瀑布

19　从成都到宁波的飞机上见云海

19　与休休子等三位诗友侃诗

19　暮春谒伊川二程墓

20　无　题

20　登北固楼

20　梦回叶城得见昔日战友晨起记之
21　留守老人
21　重　阳
21　观临潼兵马俑
21　登鹳雀楼
22　甲午暮春同楚之氓兄谒合肥包公祠
22　老龙头怀古
22　还乡即事
23　游徐州戏马台有感
23　观黄河壶口瀑布

◎孙仁权

24　货　郎
24　依林峰先生《八十书怀》韵和并祝寿比南山
25　癸巳十月初五午后四时与友贵、相春夫妇共登重庆南岸黄桷古道
25　野茅溪
25　感　怀
26　山村教师
26　步晨崧导师《游三峡》韵和
26　悼祭老岳父
27　秋　日
27　庄子梁吟
27　春耕曲
27　吊太阳
28　三峡移民曲
28　巴山行
29　云雾八台吟
30　凤凰楼歌
31　农妇吟

32 卖菜妇

◎孙和平
33 农民诗人
33 夜宿龙溪
33 巴山背二哥

◎刘仁杰
34 钓

◎刘凤轩
34 春　寒

◎刘光烈
35 花　农

◎刘启燕
35 咏　秋

◎朱景鹏
36 城南三里坪汉墓群怀古

◎江化冰
36 戊戌新正试笔
37 板房沟沽酒大醉而归

◎向胤道
37 初秋思

◎ 杜泽九
- 38　宿农家早醒
- 38　宣汉马渡石林

◎ 杜括然
- 39　峨城山竹海

◎ 肖一化
- 39　旅次怀远
- 39　六岁孙女裔涵赴川师附小寄读

◎ 李冰如
- 40　春　日
- 40　夏云亭感怀

◎ 李　萍
- 41　进军西南两首
- 41　征粮剿匪两首（选一）
- 42　巢湖道上
- 42　答贾之惠同志
- 42　己卯岁暮寄刁达钧先生
- 42　夜泊万县怀念世星同志
- 43　寄李牧同志

◎ 李德明
- 43　游故宫有感
- 43　题雪朝日出图
- 44　老妻迫余染发戏咏
- 44　清明还乡祭父母墓随感

◎ 李荣聪

- 45　打工人家
- 45　漂流节前夜营三江口
- 46　春山行
- 46　羁旅吟
- 46　大西洋边看夕阳
- 46　打工归来
- 46　留守儿童
- 47　秋
- 47　游成山头
- 47　登剑阁
- 47　初夏喜雨
- 47　八台山独秀峰二咏
- 48　燃气入农家
- 48　访风波亭
- 48　啄木鸟
- 48　旅游归来
- 49　哈尼梯田
- 49　送父亲（三首）
- 49　别孙回国
- 50　在红军烈士碑上找到幺爷爷
- 50　万源黑宝山采风
- 51　望金门
- 51　耕　者
- 51　挖野菜
- 51　恩阳吊脚楼

◎ 李冰雪

- 52　念奴娇
- 52　步周拥军先生《丙申抒怀》

◎ 李含江

　　53　赴达州古土安云乡

　　53　通川安云乡省亲祭祖

◎ 李方明

　　54　腊月二十九不能返家，在长江岸边伫立

◎ 李宗原

　　55　元九登高即兴

　　55　北山诗歌陈列馆开馆有记

　　56　步郑公欣淼《七十咏怀》韵五首（选三）

　　56　梅韵十章（选三）

　　57　秋　兴

　　57　民　工

◎ 李国铨

　　58　秧田搭埂

◎ 何光表

　　58　邂逅旧友

　　58　笼　鸟

◎ 何　智

　　59　过乡人居

　　59　铜堡寨老妇

　　59　晓　村

　　60　山　居

　　60　丁酉秋游三峡

　　60　冬　至

　　60　留守邻儿

60　腊月堵车

61　梅林有遇之汉服女子

61　职业丐者

61　归乡有记

61　甲午冬女儿为敷面膜

◎陈应鸾

62　寄　慨

62　悯磨刀老人

◎陈　斌

63　一九六七年春节

64　菜　农

◎张发安

64　忆故乡

64　咏苏州

65　夭　桃

◎张天儒

65　村道通车

65　迁居辞友人

◎张兴帮

65　乡村医生

◎张灿明

66　游蓬莱阁参观长裕村

66　吟红梅

66　镜泊湖

◎周啸天
　　67　将进茶
　　68　千手观音
　　68　洗脚歌
　　68　人妖歌
　　69　纽扣辞
　　69　邓稼先歌
　　70　苏幕遮·上青藏
　　70　行香子·八台山日出

◎杨博词
　　71　忆平昌中学二十五年抒怀

◎杨先云
　　71　春游五峰竹海随感

◎洪　牧
　　72　临江仙·咏怀
　　72　蝶恋花·忆城北朝阳洞
　　72　高阳台·达城天桥神思

◎胥　健
　　73　满江红·龙潭怀古
　　73　清平乐·独秀峰
　　73　西江月·龙潭河
　　74　贺新郎·读志
　　74　武陵春·巴山梨花雪
　　74　桃源忆故人·情醉丁香谷
　　74　巫山一段云·赠七里沟书画院
　　75　望海潮·观全国新农村文艺演展感赋

- 75　满庭芳·访荔枝古道传统村落
- 75　如梦令·仙女洞之梦
- 75　诉衷情·同学南充重聚有感
- 76　巫山一段云·咏犀牛山
- 76　柳梢青·州河忆
- 76　踏莎行·元九登高节
- 76　踏莎行·游莲花湖
- 77　清平乐·八台山观日出
- 77　人月圆·共婵娟
- 77　忆秦娥·巴山月
- 77　满庭芳·登峨城山

◎郑清辉

- 78　西江月
- 78　诉衷情令·人生感怀
- 78　鹊桥仙·童年
- 78　鹧鸪天·过八台山独秀峰
- 79　卜算子·过独秀峰
- 79　卜算子·登戛云亭

◎贾之惠

- 79　春日独酌

◎郎　英

- 80　苏幕遮·踏春
- 80　卜算子·题图（红菌覆白雪）
- 80　临江仙·老家探梅
- 81　唐多令·悯农
- 81　望江南·桂花香
- 81　满庭芳·游峨城竹海

81　生查子·听雨读书

82　鹧鸪天·东林赏景

82　阮郎归·次韵苏轼·初夏老家感怀

82　临江仙·夜宿渡口

82　江城子·中秋夜

83　鹧鸪天·春醉

83　鹧鸪天·初秋

83　高阳台·七夕从笔

83　鹧鸪天·岁末感怀

84　高阳台·书香里的阳光

◎ **秦雪梅**

84　母亲节，致母亲

84　如梦令·夏晨

◎ **龚懋光**

85　书　怀

◎ **梁上泉**

85　喜庆解放

86　桃园秋色

86　村　晨

◎ **章文仪**

86　重九有感

◎ **章继肃**

87　张爱萍泰山题刻

87　寄谢张成茂夫妇

◎ 符　毅

　　88　登宣汉笔架山

◎ 曾宪鬶

　　89　【中吕宫】喜春来·春晓
　　89　【双调】殿前欢·老年大学
　　89　【双调】殿前欢·赠老蹇
　　90　【双调】殿前欢·"天才"
　　90　【双调】沉醉东风·吹牛
　　90　【双调】沉醉东风·月下
　　90　【双调】沉醉东风·赠郭清发诗友
　　90　【越调】小桃红·话筒
　　91　【越调】小桃红·寄怀
　　91　【正宫】叨叨令·书市
　　91　【正宫】叨叨令·夏日
　　91　【正宫】叨叨令·情痴
　　91　【中吕宫】满庭芳·赠某副刊编辑
　　92　【南吕宫】二犯朝天子·文抄公
　　92　【中吕宫】山坡羊·赠青年诗人金梅
　　92　【仙吕宫】一半儿·减肥
　　92　【仙吕宫】一半儿·奢婚
　　92　【仙吕宫】一半儿·杂吟三首

◎ 曾繁峻

　　93　五杆桥小景
　　93　由达飞蓉机上口占
　　93　青玉案·拜谒成吉思汗陵
　　94　临江仙·洋烈水乡素描

◎蒋娓

- 94 夏夜宿佛缘山庄
- 94 喜见山乡人饮工程
- 95 鹧鸪天·春闹小园
- 95 汉宫春
- 95 风入松·访八台山独秀峰
- 96 江城梅花引·醉茶
- 96 青玉案·谒冯焕阙

◎詹三霞

- 96 村居所见
- 97 临江仙

◎雍国泰

- 97 汶川十首选二

◎谭顺统

- 98 山里人家
- 98 秋 韵
- 99 山村访友
- 99 秋山行之一
- 99 癸巳杂吟之一
- 99 中秋漫题
- 100 踏 青
- 100 漫 成
- 100 军 嫂
- 100 南歌子·新村
- 101 高阳台·初春信笔

◎廖灿英

　　102　晨柳送别

　　102　竹枝词·回老家

　　102　犁　田

　　102　游　湖

　　103　赠书法爱好者文培先生

　　103　科技馆

　　103　登临程家大院

　　103　播　种

　　104　犁　田

　　104　门前高速路

　　104　如梦令·渠县呷酒

　　104　蝶恋花·宝塔坝春早

◎魏传统

　　105　题巴山英烈诗文

　　105　回　乡

　　105　达县蒲家英烈园

◎刁达钧

刁达钧（1906—2012），万源市罗文镇人。原达县太平公司总经理，达县盐业商会会长，川北行署第一、二届人民代表，达县专署第一、二届政协委员，万源市政协常委，知名民主人士。1949年前自编诗词集四卷，"文革"时遗失三卷；万源政协编辑出版了《刁达钧诗词选》和《渔渚诗抄》各一卷，2006年再出版《渔渚诗抄续集》。

下乡落户

拖儿带女入柴门，渔渚陇头又一村。
锄罢夕阳无个事，清风明月不嫌贫。

九四岁杂感之五

抱朴怀仁不厌贫，山深林茂好藏身。
心中一块光明地，付与儿孙世代耕。

无 题

浊流黄泛几人忧？欲哭无声鲠满喉。
一阵牢骚人散后，飞涎直挂柳梢头。

哈哈镜

流萤一闪谓长虹，蚯蚓蛇行变巨龙。
百态人生谁是我，哈哈镜里影千重。

戏吟泡桐花

春到村头第一家，泡桐林立乱抽芽。
天公也爱人吹鼓，树树繁花尽喇叭。

忆武汉张翔麟君

望断楚天春，魂销薄暮云。
横空随雁阵，一颗老人心。

天儒君乔迁万源

书丛尽日坐，夜半起敲诗。
吟到情深处，春寒了不知。

野 趣

龙年三月罗文十八老人舣舟江浒欢进野餐。

风拂头飘雪，舟摇水动天。
春光何用买，秀色入盘餐。

期颐感赋

百岁人生亘古稀,我今何事赋期颐。
青山绿水留鸿影,紫陌红尘印马蹄。
多难焉能摧铁骨?临溪好自杵征衣。
闲情一杖黄昏里,满目秋郊拥翠微。

千秋岁·九五初度有感

枫红露白,值小阳春节,年臻九五余光迫。耳聋双手颤,心瘁头飞雪。遥望处,斜阳暖照南山柏。

往事成陈迹,荣辱都消歇。沧桑变,今非昔,休问桃源路,长作巴山客。夜阑也,窗前犹伴多情月。

鹧鸪天·赠尹祖健教授

何事春风惠我迟?门前桃李早纷披。知音应许忘年老,清响常违有梦思。撤帐后,赋高栖,幽斋万卷任驱驰。天公赋予生花笔,再向通川续话诗。

◎刁桂烈

刁桂烈，男，1948年生，四川省万源市人，企业退休职工。古诗词爱好者，戛云亭诗社社员。有部分诗作在地市一级刊物发表。

游武隆天坑

凌空栈道荡秋千，坑底苍穹碗口天。
刀劈险峰崖峭峭，人流桥洞路绵绵。
小桥斜影清波涌，深谷长沟紫气旋。
一副历游灵秀轴，洗心佳境意陶然。

受邀去友人家作客

兴登龙岭步云飞，极目群山拥翠微。
侧耳院中人语响，清风引路入柴扉。

◎王膏若

王膏若(1918—1997)，四川渠县人。原达县师范专科学校（现四川文理学院）中文系副教授，系党支部书记，四川省劳模。有《易沉诗稿》四卷问世。

小　草

睡眼惺忪吐绿初，林林远近攒头颅。
池塘簇拥观蛙跳，岭谷丛生听鸟呼。
不受牛羊称姊妹，且将蜂蝶作翁姑。
荣枯本是寻常事，摇曳风中亦丈夫。

◎尹祖健

尹祖健（1931—1995），四川通川区大树人，原达县师范专科学校（现四川文理学院）中文系副教授，毕业于西南师范大学，国学大师吴宓先生的得意门生。著有《通川诗话》。

赞"晚霞队"

今年"三八节"，达川市县三千妇女歌舞游行，盛况空前。其中达县"晚霞队"尤引人瞩目，诗以赞之。

天际红云扑面来，如火桃花灿烂开。
枝头豆蔻风华茂，舞步凌波绝尘埃。
头上何所见？青丝翻波澜；
手中持何物？带露红牡丹；
身上甚妆束？彩霞裁作衫；
脚底鞋奚似？并蒂开白莲；
闪光灯下青春驻，艳装浓抹好画图。
人间自此增丽色，点染江山气象殊。
倾城空巷人涌潮，睁睹芳容耸肩高。
难识庐山真面目，霞光一片舞袖飘。
归来仍一媪，铅华洗净，依然还我旧身腰。
岁月无情花甲外，舞且蹈兮烦恼抛。
开口常笑，乾坤不老。
潇洒走一回，风流看今朝。

◎冉长春

　　冉长春，网名休休子，1971年4月生，四川省平昌县人。曾任开江县政府副县长，开江县及大竹县委常委、宣传部长，达州市宣传部副部长，达州市委外宣办、市政府新闻办主任，现任达州市委宣传部常务副部长，中华诗词学会、四川诗词协会会员，解放军红叶诗社社员，中镇诗社社员，达州市诗词协会副主席。作品散见于《中华诗词》《当代诗词》《岷峨诗稿》《中镇诗词》等。

　　诗观：崇淡崇远，求真求实，我写我口，亦庄亦谐。不喜生僻，不喜用事，不避熟俗，不避溜滑。无趣不作，无新不作，无思不作，无寄不作。

望北大图书馆怀毛公

日暮何人不得眠？新灯次第到窗前。
凭谁照夜明如昼，应是图书管理员。

过卢沟桥

残痕欲觅访频频，说得分明有几人？
自把相机长拍摄，石狮一睹一回新。

成都某旧厂见一对翁孙

老树新花处处同，分明失业是烟囱。
儿童不解当年事，笑指墙头口号红。

绿色盆栽换土口占赠友

不须有果不须花,但得青春住我家。
莫教胸怀成块垒,时将旧土换新沙。

宝石湖赏橙

十里清风绕岸香,秋波滟滟泛金黄。
行云跌入琉璃盏,更与青山醉一场。

见妻白发初生

公园长凳那年同,五指摩挲秀发丛。
讶见银丝偏不说,轻轻拨入夕阳红。

老 兵

退伍已多年,山中二亩田。
新闻南海事,五指又成拳。

万源黑宝山采风(选三)

其一

入山才一尺,便听有人歌。
我亦松间啸,或缘氧气多。

其四

叮咚一泓水，但有几丝甜。
不似城中味，时时苦与咸。

其五

水响山犹静，人来鸟不飞。
牵衣二三蝶，引我一如归。

兰州文溯阁观《四库全书》有思

千人从一帝，惨淡十三年。
四库编成后，谁知全不全。

万源茶山小诗

何处觅银针，深山深复深。
春风三五叶，即可度人心。

过碧瑶庄园

（折腰）

春风一何懒，柳线一何长。
朝霞红又紫，已过马头墙。

岭　上

百里巴山叶，殷殷如碧血。
高高烈士碑，姓字多为缺。

悼余光中先生兼说岛上情势

一片西风叶，飘于海那头。
台湾生桧树，若个起乡愁。

读唐玄宗"吾貌虽瘦天下必肥"句感马嵬坡事

曾怜天下瘦，不畏我嶙峋。
可惜经年后，脂肪积一人。

读钱钟书《〈宋诗选注〉序》

翻书三尺厚，累死老头皮。
有鸟窗前笑，抄来不是诗。

秦岭道中

不厌相看不放归，云峰八面作重围。
终南径上人如蚁，最爱青青氧气肥。

子陵滩

浮生自在水云间,上下天光叠一湾。
应谢乾坤颠倒手,容人独占两江山。

百岛湖

绿树参差漏日斜,炊烟起处有人家。
蓝绸一匹扁舟熨,几处镶金是菊花。

宝塔坝观荷

风筛日影竹泠泠,散入池塘点点星。
滴露一枝新菡萏,红蜻蜓绕绿蜻蜓。

三苏祠留影

多年我也老天真,一到眉州不敢呻。
幸有豪情三万丈,门中学个放声人。

过文天祥墓

血色江山入眼来,西天落日不徘徊。
低头更看零丁处,一树梨花寂寂开。

谒王国维碑

清华园里夜阑珊,欲抚方碑问静安。
不识人生三境界,惟扪石上几重寒。

清明书所见

三投五体祷殷勤,大币新烧几百斤。
但恨东风禁不住,青烟吹起向邻坟。

太平村

柳线三丝拂小塘,门前大片菜花黄。
鹅儿一路东风里,也学山翁踱夕阳。

◎邓建秋

邓建秋，1960年10月生，四川渠县人。渠县人大副主任，毕业于西南大学中文系。现为中国诗歌学会会员、四川省诗词协会会员，达州市诗词协会理事，渠江诗社名誉社长，《大巴山诗刊》编委，《宕渠诗丛》名誉主编。著有《壮岁集》。

诗观：写常情，合常理，遵常规。

抗战歌步丘仓海《岁暮杂感》韵（十首选二）

一

地坼天崩似角催，雄兵百万出川来。
救亡何惜身先死，破敌能凭势不衰。
转战黄河旌甲壮，摧锋紫塞朔云开。
且看举国干城在，肟血堪将满尽杯。

二

艰难百战苦争雄，决胜敲棋一局中。
外借强援云作路，高飞绝域雁横空。
八千里路披霜雪，三万英尺挽强弓。
日色星辉长焰焰，驼峰肃立对天公。

光雾山看红叶

疑似春花故放迟，嫣红万点满秋枝。
崇山尽染谁同醉？胜境初来我已痴。
空里流香含远志，桥边倒影认芳姿。
拾回片叶藏书底，留待他年忆此时。

黄河九曲第一弯

黄河九万里，到此第一弯。
来自风云外，奔于天地间。
佛光掩古寺，水影照重山。
策马犹长啸，无妨两鬓斑。

观黄河壶口瀑布

九转黄河若海奔，撕天裂地下龙门。
气吞百代声犹壮，水过千山色更浑。
墨客临风将进酒，青丝入镜尚余痕。
扁舟今夜来明月，梦里游鱼大似鲲。

游大理

谁为枯禅舍冕旒，剑分六脉待从头。
琪花谢后苍山暮，明月来时洱海秋。
曾有天龙潜佛寺，已无蝴蝶绕兰舟。
芦笙曲里许多事，枉向西风说不休。

登大雁塔

绝世浮屠动客心，欲穷远目试登临。
骊山横拥函关壮，渭水遥环帝阙深。
凤舞九原陵变谷，经传三藏树成荫。
凭高会得苍茫意，却倩何人说古今。

观兵马俑

来忆秦王扫八荒,兵骄马怒剑生光。
威声尚带黄河水,杀气犹浸紫塞霜。
百战骰函愁野草,几家宫阙易斜阳。
可怜虎旅千年后,换得沙场做道场。

首届"杨牧诗歌奖"颁奖典礼在渠县举行感赋

际会风云一笔骁,铜琶铁板自岧峣。
帆扬渠水横沙塞,剑吼边陲动绛霄。
战马血中魂浴火,天狼星下海生潮。
从来诗运关时运,九万论程信不遥。

三汇轮渡

横跨流光西复东,沧桑尽在一船中。
石盘港古长为渡,汽笛声寒尚绕空。
萍水生涯余铁锈,浦云踪迹问艄公。
向阳门下锚初泊,几许油烟散晚风。

夜游西安

九陌楼台夜色中,星移物换气犹雄。
邀来汉月谁家院,吹彻唐街何处风。
御苑应堪寻魏紫,霓裳正可乱灯红。
不知人立城垣上,或有情怀与昔同。

重回西师

桃园一梦转头非，今日重来心事微。
石不留痕伤荏苒，风犹盈袖忆芳菲。
光阴与共劳相守，书剑于斯愧两违。
剩有亭台还似昔，悄无人处叶纷飞。

金缕曲·年终驴友聚会

　　豪气樽前壮。话当年，居延海畔，折多山上。径逐孤烟横大漠，夜枕长河昕浪。又足底、冰峰万丈。烈日严霜知几度，看悠悠、天地浑无量。会此意，应高唱。

　　记曾我亦青葱样。每披襟、背包赴远，鄙怀谁抗。匹马迢遥冲雪去，回首重峦叠嶂。言不尽、雄奇景象。一别江湖尤难忘，算平生，唯此为酣畅。心热处，泪微漾。

金缕曲·丁酉春节

　　尘世浑堪住。为东风，千山万水，又临庭户。吹落一肩霜与雪，添得一堂和煦。正爆竹，其声若煮。门换对联墙贴福，又街坊、狮子龙灯舞。个中味，尚如故。

　　良辰欢意宽心绪。共亲朋，闲看春晚，酒杯频举。笑说某人某天事，慨叹光阴老去。有温暖，尤能记取。坐到夜阑犹守岁，听年年、难忘今宵处。似此刻，愿长驻。

◎石兆华

　　石兆华，女，大专文化，1947年12月出生，曾任南江县妇联主任，达县地区妇联副主任，达川地区计生委党组副书记、副主任，达州市卫生局党委委员、副局长、市爱卫会专职副主任兼市爱卫办主任。曾先后任过《巴渠人口》《达州医学》《巴山健康报》副主编。现任四川省老诗会常务理事、达州诗书画组组长、达州市老年书画研究会副会长、戛云亭诗社副社长兼副秘书长、北京子曰诗社会员。有论文曾四次获全国优秀论文一等奖并入编《当代领导者改革观》，报告文学、人物专访文章曾在全国及省、市报刊发表。出版有个人专著《计划生育与管理程序》《流年心韵》诗文集、《古稀记忆》文史集。编审出版了《人人健康》《百星璀璨》。

临池有感

岁月几经风雨行，临池蘸墨鉴平生。
匆匆水去留何影，笔底无声却有情。

◎安全东

　　安全东，号三半斋主人，出生于1954年7月，四川省平昌县人，种过地，当过兵，后工作于四川省达州市，长期从事新闻宣传工作。系四川省作家协会会员，中华诗词学会会员，河南省河洛诗词学会荣誉会长，中华诗词论坛特聘高级顾问、导师。有旧体诗作品若干发表于诗刊、中华诗词、四川诗词、岷峨诗稿等数十家报刊，有作品入选多种选集并获大赛各等级奖。出版有新诗集《吹过屋檐的风》、散文集《山窗图画》和传统诗集《云水集》。有旧体诗词集《云水集》行世。

　　诗观：写我所历，写我所感，写我所爱。语言流美，音韵谐美，意境纯美。少用典，不装教授；多及事，做个真人。

拟望秋

万里长空一镜凉，晚来云树共苍苍。
儿孙更在南云外，独立柴门数雁行。

大巴山杂咏（选三）

其一

萧瑟秋风晚，莎虫断续嘶。
人行红树外，山入暮烟低。
浮世伤漂泊，平居远鼓鼙。
堪怜打工仔，间阻各东西。

其四

云山随处在，花鸟自亲人。
地旷烟村小，家寒谷酒真。
打工聊给馔，行役每忘春。
都说脱贫了，何因贫压身？

其六

打工聊卒岁，鸡犬为看门。
背井炊烟少，遗风教化尊。
不堪身是客，空有梦招魂。
老幼倚阁望，归期迄未论。

拟旅怀

漂泊真无计，年华独自伤。
几番人已老，千里梦归乡。
鸿雁孤中没，云山故意长。
谁怜板桥路，岁岁苦风霜。

夏日乡村绝句（选一）

小院无人日自中，门前瓜菜涨青红。
无风但见网罗动，一个蛛儿正斗虫。

青海玉树震后七日感赋

玉树丹青看已稀,人经四月少芳菲。
花从藏女裙边落,泪自家园劫后飞。
幸有春风来禹甸,勿将哀绪付金微。
同心共唱涅槃曲,须信山河着锦晖。

犀牛山瀑布

峡涧苍松岁月多,举头一线似银河。
眼前石壁青难扫,付与流泉细细磨。

从成都到宁波的飞机上见云海

白云如海一舟轻,身入重霄第几层。
俯瞰亦多峰谷在,始知天上也无平。

与休休子等三位诗友侃诗

黄昏斜照秀温柔,星压重城一掌收。
凯悦楼高天似水,良宵端不负诗俦。

暮春谒伊川二程墓

夫子双星耀,儒家一脉传。
门前花作雪,圹外柏含烟。

教化推伦理，天人合自然。
残碑今尚在，落日几回圆。

无　题

节序光常转，江山势未穷。
晴窗涵远籁，高树振清风。
日落轮蹄外，心惊雁鹜中。
昨宵乡梦冷，秋雨滴梧桐。

登北固楼

吴楚水天阔，金焦气象雄。
一楼称北固，满目正东风。
世运海桑劫，涛声今古同。
犹思词客事，弹泪吊孤忠。

梦回叶城得见昔日战友晨起记之

仗剑冰霜苦，怀人寤寐萦。
此时还似梦，昨夜与同行。
岁月边城老，忧欢一世情。
不堪离别又，寒雨警三更。

留守老人

老去终何益，晨昏守寂寥。
忆曾春水阔，几见雪芦飘。
田净余饥雀，霜浓上板桥。
儿孙都不在，独立向风飙。

重 阳

天地几回首，风云一醉狂。
我今生百感，人道是重阳。
岳色枫攒火，江声晚共凉。
黄花莫浪采，留与战严霜。

观临潼兵马俑

秦祚真不贱，雄魂传至今。
我来观阵列，谁与识萧森。
六合扫仍急，三军势未沉。
可堪千载下，衮衮议销金。

登鹳雀楼

久欲探冥搜，方今到此楼。
天开秦日月，河绕晋山丘。
鸟翩低于我，云心老不愁。
无劳更登陟，已上最高头。

甲午暮春同楚之珉兄谒合肥包公祠

春到庐州草木滋，包公祠下我来迟。
素心不酌廉泉饮，铁面羞为后世师。
谒罢高坟唯语默，便垂青史又谁知。
清风阁上清风发，远水长云有所思。

老龙头怀古

夭矫龙头幻亦真，浪花吞吐卷轮囷。
忆曾雁去空秋草，时有潮来吊鬼磷。
固险难凭千万士，分庭即是二心人。
于今形胜安排定，海岳天开一片春。

还乡即事

青苔覆砌竹临门，家住山中稗稏村。
一带林泉频入梦，经年花鸟易销魂。
茶能陶性天地我，事不关心琴剑樽。
留守邻翁须尽白，隔篱相与说儿孙。

游徐州戏马台有感

恍听秋风万马来，凭人说项费疑猜。
铦锋西指婴秦祚，虎帐东凌啸此台。
天负重瞳唯一叹，血凝孤剑许同埋。
我游正是杨花季，满目飞飞吊霸才。

观黄河壶口瀑布

　　黄河自天来，苍茫但一气。涌流入壶口，戛然收其势。乃作夺路争，跌落俱玉碎。訇若晴天雷，声震数十里。或如苏门啸，或如胥涛起。山河有余悸，晋陕忽昏昧。乾坤既入彀，轮囷转未已。天半溅雪霰，雨雾蒸壶底。巨石何岩岩，浪割不稍废，其宽容一牛，其窄嵌一指。乃知禹凿功，所贵志不馁。决绝向海门，莽荡从此始。汤汤母亲河，精魂固无死。我来方及夏，日头红间紫，厕身危岩畔，但觉电燹趾。喷沫挟风来，游客皆走避。忽见河之央，霓虹架半晷。仿佛手可触，可以摘作珥。却怪长峡中，静流涵清泚。疑兆圣人出，得窥唐虞纪。游目既不暇，啧啧叹观止。两岸连山高，列伺如傀儡。壶口一何壮，造化钟于此。君不见瀑流喧虺束九派，洗天浴日煮如沸；又不见红尘百丈走元元，斯须磨灭坠浑渳。不如醉眼斟酌向斯壶，任尔长云来去风过耳。

◎孙仁权

孙仁权,笔名子希。1949年生,四川万源罗文人,教师。中国楹联学会、中华诗词学会、四川省作协、四川诗词协会会员,达州市诗词学会副主席,达州市科普作家协会常务理事。打过工,当过十年知青。在《诗刊》《诗选刊》《读者》《中华诗词》《诗词月刊》《长白山诗词》《重庆艺苑》《广州诗词报》等几十家省市刊物发表过诗歌、散文。出版旧体诗《子希诗选》、散文集《子希散文选》、新诗集《拾回的季节》和六人共同出版《古韵新吟》,出版纪实性散文《子希拾遗》《一个世纪的记忆》《莩山纪实》和文艺理论《巴山诗话》。部分诗歌被诗刊社编入2007年年选,部分散文被《散文选刊》选入年度力作选。

诗观:秉承新乐府"文章合为时而著,歌诗合为事而作"的现实主义精神,倡导"新国风",倡导把自己融入作品中,与人同乐同悲;追求诗歌整体意境,喜欢白描手法,用语现代、清新自然。

货 郎

吾叔,肩两筐,手持鼓摇,走村串户,已逝数年,今记之。

半身云雾一肩筐,竹寨迎来卖货郎。
担影拉长东岭月,鼓声摇碎板桥霜。
花开花落春将老,年去年来鬓已苍。
欲问匆匆何所寄,屐痕印在大山梁。

依林峰先生《八十书怀》韵和并祝寿比南山

何叹平生似转蓬,香江两岸任西东。
满园秋色映心迹,一路春光育碧桐。
紫陌红尘鞍马月,青山绿水竹贤风。
垂竿休问得和失,义薄云天是蝦公。

注:林峰是香港诗词学会会长。

癸巳十月初五午后四时与友贵、相春夫妇共登重庆南岸黄桷古道

林深不见晚秋阳，斑驳藓苔绿透黄。
日月无常诏今古，乾坤变换叹沧桑。
凝看石阶断痕处，尽是杵声动地狂。
驿道游人如蚁涌，川黔昔履若冰霜。

注：黄桷古道是原川黔来往的主要通道，是运送盐和货物至夜郎、贵阳、昆明的要道，土匪常出抢夺，是十分凶险之地。

野茅溪

野茅溪与达州诗友安全东、朱景鹏、曾繁峻、李荣聪、向一等聚会，谈诗论词，众怀胸怀甚乐，作律记。

野茅聚汇话承传，古韵新声任转旋。
笔上风云潜句里，心中明暗荡词间。
豪情难把疮伤治，逸兴可将真理言？
难得今朝共诗话，戛云自有一层天。

感　怀

搏浪浮生能几何？酸风苦雨险滩多。
半间茅屋知青泪，三把松明大寨歌。
文革敲诗摈噩梦，春光映水荡金波。
晚来幸得安康赋，唱与糠妻同黍磨。

山村教师

吾姐,山村教师,二十世纪六十年代初,昼教学生夜扫盲,甚是辛苦,作律颂之。

几盏油灯影倚栏,声声软语润心间。
撑花一把山中路,新月半钩原上田。
蛙鼓咚咚鸣夜课,萤火点点舞常川。
春风化作青芽雨,催醒香溪二月天。

步晨崧导师《游三峡》韵和

(晨崧老师是我在中华诗词学会研修班的导师)

细雨霏霏驾雾云,闸门起降叹乾坤。
半弯江月纤滩浪,几股峡风惊故人。
往事已随流影逝,康庄正至笑声频。
举杯须学谪仙意,一路狂歌舞剑吟。

悼祭老岳父

壬辰八月初四未时,一百○六岁岳父驾鹤仙隐,时余正在万源市,痛泣未能伏榻送终,速回渔渚,泪作律以代客祭。

人海浮沉百六秋,冰霜侵道欲何求?
三朝风雨愁和恨,一阵歪风怨与忧。
向晚欣开篱下菊,相餐唯剩梦中鸥。
多情自古窗前月,渔渚陇头魂系舟。

注:梦中鸥,逝去的岳母。

秋　日

稻谷垂钩坡尽麻，晚风吹黍叶沙沙。
乡中最是欢娱日，秋色三分进我家。

庄子梁吟

一

忙里农家谁带娃，打工父母走天涯。
竹箩一个田边放，装着孙儿吮晚霞。

二

两行玉米一行苕，汗滴拌同肥水浇。
庄子梁前半轮月，轻敲蛙鼓唱童谣。

春耕曲

四月山川绿渐肥，声声布谷陇头催。
长鞭一甩耕牛急，拉着春阳不让归。

吊太阳

五月乡村人倍忙，清晨刈麦午插秧。
心忧日脚西山去，扯根藤藤吊太阳。

三峡移民曲

秋风紧,残叶飘,汽笛响,船起锚,故乡一别泪如雨,呼爹喊娘声似潮,村头岸畔走相送,离情别绪心煎熬。君不见三峡大坝高百丈,水漫千里出平湖。古村沉水底,山峦江上浮,白帝一孤岛,神女似悬壶,水摇石宝寨,浪袭鬼丰都,巍巍大坝横江面,源源西电向东输;华夏千年计,当今世界殊。今日移民大迁徙,从此分离各东西,川江号子急,耳畔风声啼。道旁荷锄者,怆然向我言:"不出十余日,即随二批迁,枝叶发异地,重建新家园,我是巴人后,一脉根相连。今朝临别祭,何时返乡烧纸钱。留者移山顶,去者向东南。东岭辟新土,垒石造梯田,重栽脐橙树,药材种山间,林中造瓦屋,朝暮任开关。东南鱼米地,阡陌栉比连,地生人不熟,相对两无言,新舍虽云好,不如旧宅安,异土根难扎,谁不思故园?民难移,移民难,可恨移民耗子嘴巴馋,食我搬迁费,吞我安家钱,燕口夺泥心剧毒,'将军'肚子永难填,腐败今如此,谁不叹心酸。"一席衷肠话,我心亦恻然,大雁东南飞,五里一徘徊。夔门不闭思难断,涛声依旧峡风寒。离乡情无怨,背井义昂然,移民上百万,天下夸奇观,惜别竹枝词一曲,低吟高唱扣心弦,多情明月伴君走,一样相思挂蜀天。

巴山行

崖上又重崖,山外更青山。
绿荫遮草径,飞瀑挂云端。
春光好作伴,伴我回巴山。
野藤曾相识,依依将我牵。
荆榛似恋旧,故故掣衣衫。
农舍桃李稠,枝壮花正繁。
石井水清清,风吹波涟涟。
手掬一捧饮,清洌且甘甜。
兴至一声吼,回声应前川。

汪汪犬儿叫，老妇出门看。
客是渝州人，重返知青点。
离别三十年，常把巴山念。
种瓜椿树坪，刈麦南山畔。
红苕是佳肴，稻草作床垫。
巴山"背二哥"，山中真好汉。
疼我老房东，梦中每相见。
老妇眼已花，耳聋两手颤。
扶我喜欲泣，阶前仔细看。
拍拍衣上灰，迎我到堂前。
忆旧更问新，滔滔话不完。
今日巴山行，感慨生万千。
风物爱如旧，贫困叹依前。
献我微薄力，共辟致富田。
租地数千亩，投资建药园。
乡亲同努力，建设新巴山。

云雾八台吟

西有峨眉东八台，蜀地两山相对开。
客来须向八台去，一上台峰乐开怀。
云八台，雾八台，烟波明灭费人猜。
更有佛光云海现，佛至岂无福人来？
八台高耸万余仞，百弯千折入云境。
一台千级步云险，八台漫漫跨数省。
暮春我随游客涌，人压八台难消肿。
山下单衣山顶棉，冷热均分在半山。
车至天池紫气蒸，突闻天外鸣鸡声。

衣带霞光脚踩云，轻风浮雾半车身。
站立石磴齐声喊，危崖古栈斜几分。
五女峰雾罩青山，山青之中别洞天。
阳鱼何来洞里游？龙潭崖洞半岩间。
独秀红藤傍树挂，长沟绿竹随风偏。
山姑俚歌崖壁应，牧童横笛谷隐传。
八台草坪夜宿客，大小敖包接天阙。
山深万籁声俱静，更远云雾尽消歇。
呓语无序谁知晓，鼾声如雷震林蕨。
此时独我同山语，举杯笑对八台月。
八台山月万千载，乾坤一瞬叹明灭！
浮生何苦计得失，人海行游一梗叶。

凤凰楼歌

凤凰楼建于凤凰山巅，于2010年竣工，楼体端庄大方，色泽鲜红，丹凤朝阳之寓暗显其中。唐时通州司马元稹，曾于此设观月台，尽赏昔日凤凰风光。今达州如日初升，光彩照人，凤衔朝阳，展翅欲飞，试作凤凰楼歌，以表热爱之情。

一上凤凰天地阔，心潮澎湃放声歌。
凤凰冠顶凤凰楼，凤凰楼上人穿梭。
问君何为登斯楼？心旷神怡景更多。
怡人之景自古有，岂比凤凰今巍峨。
脚踩云烟何其渺，不觉光天映几坡。
坡前林茂语声声，林荫森森藏娇娥。
半悬天梯入云深，云飞雾撩舞婆娑。
二龙潭瀑水溅蕨，西圣寺钟声浸月。
红军亭阁红光闪，千军万马仍未歇。
军号声声催奋进，新征路上情更切。
竹影松风随意摇，绿叶翻翻卷波涛。

崖畔杜鹃红一片，石间青藤蔓树梢。
谁将六相赋轻吟？沧海桑田转毂轮。
最是连昌宫词妙，西厢一曲绝古今。
元九登高情依依，一叶孤舟影沉沉。
借问仙女洞中客，曾否俯仰将军门。
几根铁骨担道义，一星两弹儒雅人。
久慕八台观佛光，佛光偏向佛人心。
百里险峡可搏浪，岂知真佛罄韵音？
宕阙流韵越千载，明月映波荡碎银。
一朵莲花十锦绣，咫尺铁山烟雨纷。
余兹登楼欲望远，危乎高哉蜀道难。
太白岂知今日事，鸟道通途四海连。
铁龙鸣笛穿洞涧，银燕高飞天外天。
更喜中枢大开发，锤锤定音大西南。
且看输管如网络，巴人村里遍气田。
科技扶犁巧耕耘，神州气都开新颜。
一座新城平地起，幢幢高楼插云天。
凤凰楼美不胜收，收尽天下美奇观。
凤凰楼歌随心唱，唱彻蜀水与巴山。
凤凰楼畔余嗟叹，政通人和看通川。

农妇吟

山静无人语，一阵天鸡鸣。
荒原薄烟霭，春水逐波清。
昨夜急时雨，丘丘水满盈。
邻院门吱响，农妇荷锄行。
三日一亩田，锄挖代犁耕。
起早更贪黑，人与时节争。

年近六十三，劳心持家庭。
儿媳相继走，务工南北征。
镇边租小屋，老伴陪学龄。
孙小需呵护，专事三餐烹。
家中大小事，独靠一人撑。
陇上观挥锄，汗气冲头蒸。
问尔何所愿，温饱且安宁。
又言命中苦，恰似野禾生。
听后觉凄然，心潮久难平。
大呼山声应，风过又无声。
一曲农妇吟，唱与谁人听。

卖菜妇

卖菜妇，沿街叫卖声不住。早起五更星，归去挑日暮。至北来，又西去。菠菜白菜香青菜，洋芋南瓜大红薯。竹筐堆笑脸，秤杆称信誉。岁月沧桑催发白，风霜皱纹满脸布。

时值晌午天，下班路筐前。菜妇怎面熟，思路卅年前。貌似老房东，声如山歌甜。上前问菜妇，真是小阿莲。叫声知青叔，一听心早酸。说起家中事，言母已归天。十二便辍学，随爹学种田。二十便出嫁，夫家小城边。大儿二十一，打工去江南。招工电子厂，多少有余钱。夫是泥水工，周边挣零钱。小女学用功，乡读满初三。品学皆优胜，样样在人前。县中择优取，上学钱三千。阿莲言至此，苦脸露笑颜。

言之种菜卖菜苦，常在严冬与酷暑。去冬又遇冰冻重，畦畦鲜菜烂在陇。今夏更遭洪水涝，丰产竟成一场梦。养家靠种菜，价贱还难卖。买者菜筐皆造遍，三斤两斤赔笑脸。

突听城管大声吼，阿莲急忙挑筐走。小秤已被收三杆，不走菜筐朝地翻。种菜难，卖菜难。世上何止是阿莲。前日也遇一菜妇，同样遭遇苦相连。目送阿莲担影去，一股老泪涌心间。

◎孙和平

孙和平，1950年生，四川开江普安镇人。四川省委党校、四川行政学院教授。主要致力于四川本土文化资料的搜集整理，田野调查于乡村间里。

诗观：兴之所至，小有吟咏，随笔记之，不过尔尔，乃自娱也。如能得其神韵，不亦乐乎？人或可不读诗，但心中不可无诗。诗意栖居，是一种人生境界和享受。挥毫写诗，岂不强化了人生的诗意格调。

农民诗人

锄犁半墙书半墙，墨香犹自带泥香。
茅庵延客三升酒，也对人间说短长。

夜宿龙溪

江船夜月挂云帘，一尾银鱼跳浪尖。
渔火汤锅味嫌淡，星星几许可当盐。

巴山背二哥

千年古道杵艰辛，不尽沧桑背世尘。
岭上清风堪扑面，溪中碧水可亲唇。
松肩歇脚安知苦，淡饭粗茶岂计贫。
百转来回路何在，深山高铁喜新春。

◎刘仁杰

刘仁杰，1933年生，四川开江县人，笔名翰翁。原开江教师进修校校长，大学文化，书法、音乐、诗词等多种爱好，有《翰翁诗草》出版。

钓

邻人三五叟，初钓马蹄滩。
水阔腾肥鲤，山深乐杜鹃。
互相传眼色，彼此不言谈。
蓦地鱼漂坠，哗然拉破天。

◎刘凤轩

刘凤轩（1942—1994），生前任中共达川地委宣传部副部长兼通川日报社总编辑。

春 寒

桃花三月雾纷纷，寒气逼人冬又临。
鬼火一吹烟漫漫，妖风四起雾沉沉。
明松长叶地忧冷，暗柳发芽天乐阴。
恶雨绵绵终不久，桐花开后艳阳春。

◎刘光烈

刘光烈，1937年8月生，四川万源花楼乡人。1956年参加工作，长期生活在区乡四十年，退休后，义结忘年交，专习吟咏中国传统诗词，曾付梓《劲草集》，与万源诗词爱好者六人共同出版《古韵新吟》以及自传体《故乡回忆录》等作。现为万源市诗词楹联协会会员、四川省诗词协会会员、达州市戛云亭诗社会员。

花　农

岭上新梅绽，清晨折几筐。
吟花人影动，担起一城香。

◎刘启燕

刘启燕，女，1954年11月生，四川开江县广福乡人。网名燕灵儿，西南师范大学汉语言文学本科毕业，中学高级教师。现为中华诗词学会会员、四川省诗词协会会员、戛云亭诗社社员、四川开江县作家协会与书法美术家协会会员、开江县诗词协会理事。在国家级报刊公开发表诗歌、论文、美术等作品一千余件并多次获奖。与李国铨合著公开出版诗集《泉声燕韵》。

咏　秋

万水千山拥碧云，黄花开遍普天馨。
莫非雁阵衡阳去，牵出古今多少文。

◎朱景鹏

朱景鹏，1943年生，四川渠县城关镇人，中华诗词学会会员、达州市诗词协会副主席、达州市书法家协会副秘书长、达州市作家协会会员。擅长诗书画印，出版了《朱景鹏诗文集》《朱景鹏篆刻集》《朱景鹏诗词集》，主编了《达州旅游诗词》《犀牛山》《石龙苑》。

城南三里坪汉墓群怀古

三里坪中隐冢群，汉家兴盛普天闻。
曾经松柏浓荫处，却是霜刀密集云。
身傍黄茔看典籍，头依白菊咏闲文。
可怜多少忠君士，只见灰飘烟乱焚。

◎江化冰

江化冰，1977年生。祖籍四川达州，现居乌鲁木齐。新疆诗词学会理事。字寄萍，号烟渚钓徒。师从沽上半梦庐王蛰堪先生。作有诗《野狐禅馆诗钞》《蝶梦楼长短句》均未刊行。

诗观：诗首先要真，不真则伪；其次要美，不美则难称艺术。诗词要有个性，非老古董。诗词不仅仅是字、词、句的重新组合，更像是重新浇铸问世的青铜器，应赋予字、词、句新的生命。

戊戌新正试笔

性情难改自痴顽，半世回眸一瞬间。
敢谓良心犹未泯，谁云国事莫相关。

童年入梦何堪续，往事销魂不忍删。
摇曳风铃频呓语，梅花消息到天山。

板房沟沽酒大醉而归

松风导路鸟相呼，斜日敲山景不疏。
枕石成眠清梦稳，形骸自有白云扶。

◎ 向胤道

向胤道，笔名向一，1949年生于达县，当过知青，曾任达州市科技局办公室主任、四川省作协会员、四川省诗词协会会员、四川省科普作协常委、达州市巴山诗词协会副社长。已出版诗集《诗海拾贝》《远山之呼唤》《千行行吟》等多卷。有作品多次获奖。

初秋思

昨宵风带雨，蜀国已知秋。
羁旅蓉城畔，却怀古宕舟。
问朋山岭事，却叹港津忧。
碧宇流星坠，深思涨九州。

◎杜泽九

杜泽九，1954年生，达州市通川区北山镇人。大学文化，从事宣传工作三十余年，曾任达州市委宣传部常务副部长和文联党组书记、中华诗词学会理事、四川省诗词协会副会长、四川省作协会员、达州市诗词协会主席等职。新旧体诗皆习，已发表各类作品千余篇、首，其中诗歌诗词作品300余首。

宿农家早醒

半醒窗前鸟唤床，味回昨夜梦生香。
翻身一跃出门户，长啸三声震碧苍。
秀色可餐心已醉，凉风拂面意翻狂。
林间踏露慢开步，秋老虎中人觉凉。

宣汉马渡石林

藏在深闺未出门，山任苍翠水由奔。
鸟啼蔽日荔枝道，人唱高坡茶树村。
石景千奇悬猴胆，梅香十里醉游魂。
梳妆马渡心身浴，欲滴娇娘万目尊。

◎杜括然

杜括然，1945年生于达县北山，达县师范专科学校（现四川文理学院）中文系毕业，曾任省运校和天元育才学校校长、达州市戛云亭诗社副社长兼秘书长、中国辞赋家协会理事、达州市诗词协会理事。在多家刊物发表作品。

峨城山竹海

峨城竹海叠群山，鸟戏云峰翠叶间。
更学林泉哼小调，分分秒秒未曾闲。

◎肖一化

肖一化，1953年10月生，达州市通川区磐石镇人，自学大专汉语言文学专业毕业，当中学教师七年后转调到行政部门。曾任通川区国土局局长、达州市国土局办公室主任，四川省诗词协会会员、达州戛云亭诗社常务理事。

旅次怀远

落木萧萧秋草黄，蛩声暮雨久敲窗。
青葱岁月唯留梦，黔北天心雁一行。

六岁孙女裔涵赴川师附小寄读

小燕初飞老燕忙，赴蓉寄读早离乡。
自从含笑一挥手，夜夜梦回别泪凉。

◎李冰如

李冰如(1897—1976)，笔名李清，达州市通川区人，原达县县立中学国文老师，诗人、教育家。先生一生创作诗歌近万首，结集出版的有《腐草》《抒情集选》《春风的鼓吹》等，有"川北平民诗人"之誉。1950年李冰如将自己"五四"以来创作的新诗编为《芳洋集》。

春　日

腊去春回又一年，向阳桃李笑依然。
弦歌而外闻啼鸟，都是同欢解放天。

戛云亭感怀

创亭人古诗名在，我爱戛云今又来。
嗣响孰何能继起，漫空夜雨湿苍苔。

◎李 萍

　　李萍，生于1926年，安徽巢县人，安徽学院外语系肄业。1949年6月投笔从戎去南京二野军大学习，秋随军挺进西南。后任大竹中学校长近30年，1980年调任达县师专党委书记，不久又调任达县地委委员，地区教育局党组组长、局长，1987年离休。出版《李萍诗选》。已去世。

进军西南两首

一

红旗漫卷趁秋风，直指西南气若虹。
武汉关前人似海，瞿塘峡里浪如龙。
苍松翠柏千峰秀，野桔山枫万点红。
最是军歌连地起，豪情壮志震长空。

二

雄师挺进大西南，不怕征途步履艰。
疾驶军车澄蜀水，长嘶战马立巴山。
红旗飘处人心暖，残匪歼时铁戟寒。
扫尽阴霾芳草绿，分田惩霸万家欢。

征粮剿匪两首（选一）

少年有志薄云霄，转战西南亦自豪。
野岭孤村曾刃贼，荒寺古刹漫挥豪。
心存万众能驱鬼，志在兴邦敢弄潮。
我欲乘风登泰岳，天青月朗斗牛高。

巢湖道上

拂面金风伴我归，白杨挺拔柳依依。
疏桐枝劲迎朝露，丛菊花香对夕晖。
隐隐寒山云淡淡，迢迢秋水浪微微。
乡音喜把乡情叙，万稻金黄蟹正肥。

答贾之惠同志

执教巴山春复秋，萧萧白发已盈头。
遍栽桃李花千树，每赏梅兰酒一瓯。
岭上松青人耿介，长河水绿性刚柔。
晚霞不让朝霞美，笔底风云势未收。

己卯岁暮寄刁达钧先生

小院红梅浮暗香，举杯遥祝寿而康。
常铺锦纸吟新句，时向诗囊觅旧章。
柳影波光渔渚月，晓风烟树石桥霜。
红尘远隔三千里，啸傲西窗日映长。

夜泊万县怀念世星同志

午夜风声伴水声，天心月色映波明。
举头何处寻知己，十里江城万盏灯。

寄李牧同志

西征万里亦英雄，击节高歌响太空。
把酒长吟觅佳句，山花江月柳条风。

◎李德明

　　李德明，1947年生，别号西苑居士、优客山人，原籍四川省开江县，先后在原达县地区新达机械厂、开江县林业局、社科联、工商局工作。退休后，寓居成都。四川省诗词学会会员、省诗学会监事、开江县诗词学会顾问。作品在《岷峨诗稿》《星星诗刊》等多有刊登，并在全国、省、市诗词大赛中多次获奖，集结成书。

　　诗观：诗者心声，当以抒写自我真情意为首要，力戒粉饰娇情无病呻吟，方能怡己感人。重古而不泥古，写诗须四有：有情、有境、有品、有趣。

游故宫有感

黄瓦红墙压帝京，君王头角总峥嵘。
深宫秘事知多少，夜半犹闻杀伐声。

题雪朝日出图

彻夜舞长风，飞扬为底雄。
行将污浊地，化作玉玲珑。
窗启千山白，霞蒸万缕红。
拈花唯一笑，妙在不言中。

老妻迫余染发戏咏

稀里糊涂浆洗之,生将白发变青丝。
但求镜里增颜色,懒管腹中藏赘脂。
足软腰酸人不晓,神疲气短已先知。
顶巅作秀君休笑,假假真真正入时。

清明还乡祭父母墓随感

春光寂寞照荒田,留守老农形影单。
断续有声鹃入耳,飘浮不定柳飞绵。
山川野气笼青瘴,故旧蓬须起白蜷。
偶遇停犁忧后世,唯将好梦托冥钱。

◎李荣聪

　　李荣聪，网名川东散人、闲云客，1958年8月出生，四川省平昌县人，达州职业技术学院副教授、达州市诗词协会副主席、达州市戛云亭诗社常务副社长兼《戛云亭诗词》副主编、中华诗词学会会员、四川省诗词协会会员、中华诗词论坛等多家论坛版主。其作品散见于《中华诗词》《当代诗词》《岷峨诗稿》《中镇诗词》《诗词四川》等刊物，被收入《当代诗词大典·旅游卷》《第一届百诗百联大赛优秀作品选》《第二届百诗百联大赛作品精选》等多种选本。获首届现代诗词大奖赛优秀作品奖，著有《川东散人诗集》《川东散人绝句选》。

　　诗观：写诗，总想用最简单的语言表达独特的感受，用最简短的形式阐释多彩的生活。于情于理于趣得味即可，或歌或哭或笑有我方成，不雕不饰不跋返璞归真。故喜做"快餐"，钟爱绝句；喜出常语，不善用事；喜呈质拙，不尚藻饰；喜构清新，不好馊腐。

打工人家

新年刚过又离村，临别低头脉脉亲。
待到明晨儿醒后，爹妈已是外乡人。

漂流节前夜营三江口

千里赴漂意未平，飞来微恙夜难宁。
戎州桥下小纱帐，装满三江流月声。

春山行

青山隐隐雨如麻,石径斑斑苔覆花。
崖上忽闻人语响,白云吐出两三家。

羁旅吟

醉眠客舍梦回家,醒倚孤窗看月斜。
一树清辉应不重,三更压落紫桐花。

大西洋边看夕阳

妻儿嬉戏大西洋,吾坐沙滩看夕阳。
西落东升过旧宅,当知老父起眠床?

打工归来

丢开行李入泥墙,小狗尾摇儿却藏。
门边露出半张脸,只接香蕉不叫娘。

留守儿童

蹒跚学步小丫丫,笑闹时常露俩牙。
娘在视频呼不应,只将奶奶叫妈妈。

秋

风牵稻浪欲回村,我扫晒场天扫云。
一阵馨香秋熟透,鸟声粒粒落花阴。

游成山头

步出邓祠听海声,乱风吹发有余腥。
簪花一片拍山浪,天到尽头潮不宁。

登剑阁

百战硝烟尽,关楼落日闲。
西风情未了,吹皱数重山。

初夏喜雨

经春禾未秀,入夏雨方开。
一夜田新满,蛙声溢出来。

八台山独秀峰二咏

一

客似山中画,霞铺云轴红。
朝天一支笔,还写二三松。

二

林如清水面，云似白莲花。
一梗亭亭立，巴山抽嫩芽。

燃气入农家

一管似藤牵到家，七姑八嫂乐开花。
从今粉壁换新灶，房上再无长尾巴。

访风波亭

扶栏怅望月朦胧，湖上欢声隔绿丛。
旷世风波亭不语，夜蝉犹唱满江红。

啄木鸟

扁鹊重生叩树躯，青山有恙再悬壶。
莫嫌针石伤皮肉，谁见森林鸟啄枯？

旅游归来

呼朋一聚叙游情，寒夜围炉慢饮烹。
话及金陵语先咽，座中直响咬牙声！

哈尼梯田

爬出红河欲上天，龙衣蜕在哈尼山。
抖开银甲三千叠，化作层田云里盘。

送父亲（三首）

一

子跪灵前父卧棺，供台依旧送三餐。
若嫌咸淡不合味，咳嗽一声儿再端。

二

泉路交通方便否，几时能到五云乡？
母亲若问都今好，莫道幺儿鬓已霜。

注：母亲已于1983年病逝。

三

担心土浅有春寒，又恐压身难入眠。
茔外新栽树几棵，犹如儿女立床前！

别孙回国

吻别轻轻不扰眠，临门回首拭眸看。
此去天涯孙莫怪，常来梦里荡秋千。

在红军烈士碑上找到幺爷爷

一

江山已红遍,何故不家还?
父母在山上,望儿八十年!

二

百岁留三字,一碑如杖来。
秋风长煦煦,落叶扑人怀。

注:幺爷李万俊,1933年参加红军时才18岁,一直音讯渺无,这是我第一次在烈士纪念碑上看到他的名字。抚碑良久,不禁潸然。

万源黑宝山采风

黑宝山林场

天碧云巢树,林秋水弄筝。
叶儿肩上拍,误当老知青。

注:当年曾有重庆、上海知青在此落户。

宿黑宝山

山中千籁静,夜与客同眠。
梦醒烟霞里,秋深若故园。

望金门

海天怅望碧波连，岸垒依稀隔暮烟。
鸥鸟不知墙在水，悠悠飞去又飞还。

耕　者

伸个懒腰抽袋烟，一田犁罢且偷闲。
儿孙微信读还笑，嘴上星星落石盘。

挖野菜

心虑三餐有余毒，郊行野采似饥夫。
一篮仙草春含笑，忽悔当年尽喂猪。

恩阳吊脚楼

小楼江畔坐，跷着二郎腿。
垂下柳丝丝，钓来舟一尾。

◎李冰雪

李冰雪，达州市文广局局长，中华诗词学会会员、四川省作家协会会员、四川省诗词协会会员。有作品发表于《光明日报》《词刊》《星星诗刊》《诗歌月刊》《四川文学》等报纸杂志，出版诗集《叩问与守望》。歌曲《走在春天的路上》入选中宣部"第五批中国梦主题歌曲"，歌曲《最亲最近的人》获四川"五个一工程奖"。

念奴娇

古城墙上，望断神京路，都无去处。纵有前朝形胜地，徒挂一川烟雨。叠叠远峰，重重雾卷怒涛如许。潮起云涌，恁淹多少风物。

寂寞羁旅孤途，总难驻足，回首无归所。古道长亭惆怅地，常伴秋风残絮。一纸忧思，两行旧句，暗与浮华度。此生何叹？心中明月千古。

步周拥军先生《丙申抒怀》

羁旅匆匆每负春，巴山望断几多辛。
箫心不与乾坤老，剑气还同日月新。
未改初衷寻彼岸，犹存壮志渡云津。
他年把酒东篱下，一卷诗书漫四垠。

◎李含江

李含江，网名鲁子敬酒。1957年12月生。祖籍四川省达州市，中华诗词学会会员、浙江省辞赋学会会长、浙江诗词与楹联学会副会长、浙江省作家协会会员、台州市作家协会主席团成员兼散文创作委主任、台州市诗词与楹联学会会长。

赴达州古土安云乡

我本巴蜀客，偶然作越人。
年轮牵日月，桑梓挽昏晨。
雾染香囊列，水悬玉带伸。
飞车三十里，柳岸草茵茵。

通川安云乡省亲祭祖

白云生处远山深，路外依依知了吟。
相拥翠峰双比翼，共祈青冢四连襟。
焚香碧水哀难尽，举酒清风胜不禁。
六十年来弹指去，故乡自有一冰心。

◎李方明

李方明，网名独行客，生于1963年3月。达川区地方志办公室编辑、副总编，四川省诗词协会会员、达州市作家协会会员、《中华诗赋》杂志编委、《戛云亭诗词》编辑兼主编助理。主要从事地方志编撰与研究，著有10余部志书，近千万字。部分诗作散见于《华西都市报》《星星诗词》《四川诗词》《诗选刊》《中华诗赋》《马邑诗词曲》等报纸杂志。

诗观：今人写格律诗不能蹈袭陈言，刻意泥古仿古，无病呻吟，必须与现实紧密结合，推陈出新，有感而发。

腊月二十九不能返家，在长江岸边伫立

石头城外眺长江，万里烟波何渺茫。
旋起波尖那滴水，莫非来自我家乡？

◎李宗原

李宗原，笔名木楼，1967年生于渠县。四川省诗词协会会员，达州市作家协会、诗词协会、文化发展研究会副秘书长，《中华诗赋》编委，达州市戛云亭诗社常委。早年从事新诗写作，后逢良师指导研习传统诗词，作品在《星星》诗刊、《星星诗词》《四川诗词》《诗刊》《诗词百家》等发表，有诗作五首入选2017《当代诗词精选精评》。

元九登高即兴

高峰越上越争先，不屑青松与比肩。
舒臂层云堪入抱，回眸绮阁若空悬。
花摇正奏迎宾曲，风好宜扬跃马鞭。
已远尘嚣三百丈，振衣作势更无牵。

北山诗歌陈列馆开馆有记

五十余年着梦深，为诗尽付好光阴。
对南海上轻轻许，于北山中苦苦寻。
长向三更头半白，未辞一己力难任。
新元复闹开新馆，谁送寒香入我襟。

步郑公欣淼《七十咏怀》韵五首（选三）

其一

从来大事费周旋，越上高峰越屹然。
德望持身清比水，功名到眼淡如烟。
直追日月八千里，惯看风云七十年。
向晚更驱光和热，不教有意叹无缘。

其四

自别秦川行色匆，京华烟雨浴征鸿。
前朝宫殿三千叠，北地关山九万重。
为范孤标甘俯首，每临大事敢拍胸。
身先踏雪留痕在，好叫寻梅认有踪。

其五

不负光阴七十秋，雪泥浅唱上层楼。
人间正气笔端是，瀚海新花灯下求。
穷竭曾教催愿景，等闲未敢叹浮沤。
山重二万八千里，一驾清风任去留。

梅韵十章（选三）

一

披靡清枝石上悬，琼苞缀玉揽轻烟。
生生一段春之梦，谁摘当街估价钱。

四

映雪浮烟碧玉绦，寒风深处范清高。
蕴香有骨三分瘦，画秃千支笔上毫。

十

树老云根雪与冰，凌虚且看石为凭。
花枝才挽吹毛剑，已破寒风一万层。

秋 兴

夜鸟枯枝倒影斜，江波隐隐泻霜华。
任舷戏水难搭月，把酒迎风好泛槎。
北岸野村闻犬吠，南山幽寺起凝加。
星随舟楫明和灭，忽上船头点浪花。

民 工

弃土离乡只为穷，客途辗转似飘蓬。
三更梦里拥妻小，四季车间做苦工。
堂上虽知游子意，帘前不是故乡风。
起身拨号欲相问，万孔明窗比月浓。

◎李国铨

李国铨，1955年8月出生于开江县新街乡。笔名木子，网名白水、犬尔等。西南大学汉语言文学本科毕业，中学高级教师。现为中华诗词学会会员、四川省诗词协会会员、四川达州戛云亭诗社社员。在国家级报刊公开发表论文、诗歌、美术等作品两千余件并多次获奖。作品被数十种书籍收录。与刘启燕合著公开出版诗集《泉声燕韵》。

秧田搭埂

银锄舞动挂耙挥，赤腿还将云影追。
青壮离乡田不惰，白头翁妪显神威。

◎何光表

何光表（1938—2010），四川通江县人。中国戏剧家协会、中国诗歌学会、四川省作家协会会员，四川省川剧理论研究会理事，达川地区文艺理论学会副会长，诗词楹联研究会会长。出版著作18部，其作品多次获奖。

邂逅旧友

劫后偶相遇，互称隔世翁。
相对唯苦笑，惊疑在梦中。

笼　鸟

生性林间自在啼，飞翔展翅任高低。
哀鸣误入罗笼内，只因痴情恋故枝。

◎何 智

何智，1970年生，笔名月映霜华，号厚吾斋主人。工人，中华诗词学会会员、子曰诗社社员、四川省诗词协会会员，出版了《厚吾斋习诗录》一卷。

诗观：醇，雅，容，奇。

过乡人居

南篱黄柿子，北壁石榴红。
节近人何在？徒嗟一院风。

铜堡寨老妇

南坡倾水罢，颓发立青芽。
回首来时路，斜阳独到家。

晓 村

遥山初见影，村树袅烟生。
檐露两三点，晨啼四五声。

山 居

苔醒老檐牙，花明蓬户纱。
东风无限意，先遣野人家。

丁酉秋游三峡

行近江崖晓雾收，兼天霜叶下悠悠。
邑人遥指洄波处，曾是吾家吊脚楼。

冬 至

檐头霜叶日飘萧，土灶无声归影遥。
一线寒光来瓦隙，白头人抱老花猫。

留守邻儿

早识舟车价不菲，双慈节假无须归。
儿身恰似云中雁，惯作南飞复北飞。

腊月堵车

一载风霜萦苦辛，归心早溅故乡尘。
川东岭曲云横路，底事依依不放人！

梅林有遇之汉服女子

洋装革履过如麻，或逊清华出汉家。
青石桥头立淑子，素衣长笛对梅花。

职业丐者

蓬头木面坐埃尘，半纸辛酸幻亦真。
唯有依肩稚龄子，乌瞳滴溜对来人。

归乡有记

江水蜿蜒江雾高，稚儿安忍别江郊。
泥臿为采马桑子，于还兜一手抛。

甲午冬女儿为敷面膜

小手冰寒屡屡呵，雪泥调就细摩挲。
晓来枕畔双眉蹙，阿母额纹犹忒多。

◎陈应鸾

　　陈应鸾，1944年7月生，笔名承露，四川万源市人，川大中文系教授。曾任文艺学教研室副主任、文艺学研究室主任、文学与新闻学院图书馆馆长，中国文学批评史专业和文艺学专业硕士研究生导师。出版了《诗味论》《增订刘子校注》等学术专著7种，主编古诗文读物3种，参编著作6种。为《苏轼全集校注》的校注者和审稿人之一。在《文学遗产》《文艺理论研究》等权威刊物上发表学术论文30多篇，著作和论文多次获省级哲学社会科学优秀成果奖。1966年开始写作诗词，先后在《当代中华诗词集》《吟苑英华》《岷峨诗稿》等多种书刊发表了近百首诗词。出版诗词集《蓼莪室吟稿》。四川省作协、中国古代文论学会、中华诗词学会、四川省诗词学会会员，成都毛泽东诗词研究会常务副会长。

寄　慨

蜀川满目尽疮痍，豕突驴奔谁可羁？
同室操戈喋血急，教猱升木舞鞭疲。
刀加蕴项元非砥，齿嚼连龈强忍悲。
豪杰汹汹夸统一，黄粱梦美有醒时。

悯磨刀老人

老者七十余，满头已尽白。
肩负长木凳，筒水一方石。
里巷蹒跚行，吆喝声凄绝。
霜天衣单薄，瑟缩手皴裂。
见状迎面问，胡为职此业？
家居当温暖，天伦乐融洽。
何必犯霜寒，奔波于冬腊！

老者双泪垂，命蹇子孙乏。
畴昔本务农，而今体虚怯。
妻死家不振，茅屋破欲塌。
闻有救济款，主者入己匣。
出门谋糊口，余生无他法。
闻者心郁结，长叹五内热。
我刀本未钝，尽与磨莹洁。
加倍赏其值，使买饭娱舌。
旧棉衣一套，赠予御风雪。
老者手颤抖，接物声哽咽。
今天遇好人，怜我乡巴耄！
捉刀与之别，欲语语却塞。
无力赈饥寒，愧我弄文墨！

◎陈　斌

　　陈斌（1917—2008），渠县三汇人，1948年参加地下党，曾任地下党丰乐支书、三汇特委书记、渠县工委书记、大竹县文教科长，大竹中学、大竹师范副校长。编印了《知不足诗词》《小楼春秋》《知不足诗词续编》《陈斌诗词集》。

一九六七年春节

又当万户欢腾时，独向孤衾理乱丝。
二十四旬浴哭泪，城狐社鼠抢红旗。
从今不作当权派，此后唯吟彭泽诗。
但愿老天施恻隐，倾盆为我濯囚衣。

菜 农

一畦豇豆二畦瓜，绕舍组成扇面斜。
夜静楼前声细细，清歌袅袅出檐牙。

◎张发安

张发安，网名秋叶红也，男，1938年生，四川巴中人，达州职业学院副教授，中华诗词论坛纵议员、子曰诗社社员、重庆诗词学会会员、原《歌乐行》诗刊副主编。曾在《名作欣赏》《写作》等杂志发表唐诗鉴赏论文多篇。有诗词、散文发表于《诗刊》《中国诗词》等报刊。著有《秋叶集》，与人合编有《文学基础理论》《巴蜀旅游文化》等著作，有多首诗在报刊征文活动中获奖。

诗观：俪词如对象，构制若怀胎。小绝吟思苦，长联费剪裁。闲居寻自乐，缓步看花开。偶得通灵句，眉飞一字来。

忆故乡

巴山米酒胜春风，醉了樱桃粒粒红。
绿柳轻佻牵玉袖，黄莺宛转入花丛。
艳阳初照乌巢乳，深夜诗敲白发翁。
人老他乡思故里，桃花笑我梦相同。

咏苏州

城如一叶浮，人在画中游。
醉入姑苏夜，评弹比水柔。

夭　桃

豆蔻依门立，婷婷一朵霞。
郎从檐下过，借故看桃花。

◎张天儒

张天儒，1933年生于万源石窝乡，参加过土改工作队，后转到供销合作社工作至退休，戛云亭诗社社员，万源市老年大学传统诗词老师。诗词收编在《古韵新吟》等多部诗词集子中。

村道通车

欲走还乡路，清风送故人。
旧踪无觅处，云里一新村。

迁居辞友人

怅然离旧庐，此去故人疏。
但愿情长久，同登松鹤图。

◎张兴帮

张兴帮（1931—2011），开江人，原名张学汉。开江中学毕业后，执业于万源县供销社等部门。万源市老年大学书法老师，爱好书法和传统诗词。诗词收编在《古韵新吟》等多部诗词集子中。

乡村医生

芳龄二八似春花，一脸红光映彩霞。
十字方包藏爱意，悠悠情笃系农家。

◎张灿明

张灿明（1914—2010），男，四川省达县人，上将张爱萍胞弟。他于1937年底赴延安抗大学习。1938年3月加入中国共产党，最高人民检察院原党组副书记、副检察长、检察委员会委员，外交部原党组成员、副部长，第六届全国人大代表。

游蓬莱阁参观长裕村

丹岩碧浪海唇雾，楼阁遗诗仍旧故。
五日税除苏轼风，十年富裕小平路。

吟红梅

不同万紫比芬芳，独傲严冬雪和霜。
绿叶未随朱玉貌，干枝挺拔性如钢。

镜泊湖

镜湖如镜水涟漪，环绕峰峦叠绿堤。
盛夏犹秋避暑地，乘风晚棹夕阳西。

◎周啸天

　　周啸天，号欣托，1948年5月生于四川省渠县，四川大学文学与新闻学院教授，安徽师范大学中国诗学中心研究员，四川诗词学会副会长，东方绘画艺术院书法院名誉院长。主要著作有《唐绝句史》《绝句诗史》《中国分体文学史（诗歌卷）》《诗经楚辞鉴赏辞典》《唐诗鉴赏辞典》（重要撰稿人），《元明清名诗鉴赏》《历代分类诗词鉴赏》(12种)，《诗词赏析七讲》《史记全本导读》《楚汉风云录》《雍陶诗注》《诗词创作十日谈》《周啸天谈艺录》《欣托居歌诗》《将进茶——周啸天诗词选》等。曾获张浦杯《诗刊》首届（2010年度）诗词大奖、第三届华夏诗词奖、中国国家图书一等奖、四川省"五个一工程奖"等。《将进茶——周啸天诗词选》获第六届鲁迅文学奖。

将进茶

余不善饮，席间或以太白相诮，退而作《将进茶》。

　　世事总无常，吾人须识趣。空持烦与恼，不如吃茶去。世人对酒如对仇，莫能席间得自由。不信能诗不能酒，予怀耿耿骨在喉。我亦请君侧耳听，愿为诸公一放讴：诗有别材非关酒，酒有别趣非关愁。灵均独醒能行吟，醉翁意在与民游。茶亦醉人不乱性，体己同上九天楼。宁红婺绿紫砂壶，龙井雀舌绿玉斗。紫砂壶内天地宽，绿玉斗非君家有。佳境恰如初吻余，清香定在二开后。遥想坡仙漫思茶，渴来得句趣味佳。妙公垂手明似玉，宣得茶道人如花。如花之人真可喜，刘伶何不怜妻子。我生自是草木人，古称开门七件事。诸公休恃无尽藏，珍重青山共绿水。

千手观音

天人千手妙回春,族类同痴泪不禁。
失语时分存至辩,无声国度走雷音。
花光的历飘香久,法相庄严蕴慧深。
引领慈航成普度,神州除夕降甘霖!

洗脚歌

洗脚房之崛起于服务行业,乃20世纪90年代事。世人于吃喝之外,兼请洗脚,竟成时尚。

昔时高祖在高阳,乱骂竖儒倨胡床;劳工近世闹翻身,天下久无洗脚房。
开放之年毛公逝,香风一夕吹十里;银盆滑如涧底石,兰汤浑似沧浪水。
健身中心即金屋,中有玉女濯吾足;大腕签单既得趣,小姐收入颇不俗。
别有蜀清驻玉趾,转教少年为趋侍;游刃削足技艺高,捏拿恭谨如孝子。
君不闻,钱之言泉贵流通,洗与为洗视分工;沧桑更换若走马,三十河西复河东。
尔今俯首休气馁,侬今跷脚聊臭美;来生万一作河东,安知我不为卿洗?

人妖歌

海南兴隆观红艺人表演。

京剧旦行梅派工,越剧小生范徐红;反串之妙补造化,何须台后辨雌雄。五色灯光人其顾,初见烟雾蒙玉质;回眸启齿略放电,伴舞女郎失颜色;一身宛转二重唱,男声浑厚女声泣;美发一挥何飘柔,踏摇四体皆魅力。人妖本出里巷中,父母养儿为济穷;勾栏一入深如海,绝世无由作顽童!心性先从教化改,形体渐受荷尔蒙。吞声学艺近残酷,不比寻常事委曲;注射自戕违养生,服食尤惜年光促。年光促兮终不悔,唯效昙花放异彩;竞技选美作生涯，舞台得有绚丽在；观光客自天外来，一方经济为翻倍。舍身奉献非凡庸，我诚敬畏讵宽容；漫哂琉璃不坚牢，尔曹百岁总成空！亭亭净植宜远观，尤物从来拒亵玩；海外归为知者道，莫便逢人作奇谈。

纽扣辞

解解系系解，系系解解系。朝系夕必解，夕解朝还系。解是系者解，系自解者系。解则由他解，系还任我系。不系即不解，善解长善系。

邓稼先歌

炎黄子孙奔八亿，不蒸馒头争口气。
罗布泊中放炮仗，要陪美苏玩博戏。
不赋新婚无泣别，尤执高节责何谓！
不羡同门振六翮，甘向人前埋名字。
一生边幅哪得修，三餐草草不知味。
七六五四三二一，泰华压顶当此际。
蘑菇云腾起戈壁，丰泽园里夜不寐。
周公开颜一扬眉，杨子发书双落泪。
唯恐失算机微间，岁月荒诞人无畏。
潘多拉开伞不开，百夫穷追欲掘地。
神农尝草莫予毒，干将铸剑及身试。
一物在掌国得安，翻教英年时倒计。
公乎公乎如山倒，人百其身哪可替！
号外病危同时发，天下方知国有士。
门前宾客折屐来，室内妻儿暗垂涕。
两弹元勋荐以血，名编军帖古如是。
天长地久真无恨，人生做一大事已！

苏幕遮·上青藏

及良辰,将胜友。与子偕行,与子偕行久。小别重逢一握手。唐古拉山,唐古拉山口。

镜湖平,阴岭秀。雪积云端,雪积云端厚。好客人家处处有。熟了青稞,熟了青稞酒。

行香子·八台山日出

巴山绵亘,八叠为峰。几千转、跃上葱茏。气违寒暑,服易秋冬。竟霎时雾,霎时雨,霎时风。

雀呼起早,目极川东。浑疑是、开物天工。阴阳一线,炉水通红。看欲流钢,欲流铁,欲流铜。

◎ 杨博词

杨博词，1930年生于平昌县，达县师范专科学校（现四川文理学院）中文系副教授。

忆平昌中学二十五年抒怀

驽马扬蹄十驾功，巴山深处寄行踪。
窗前奋笔迎秋月，坛上吟诗伴晓钟。
身教未言清苦事，勤耕不计世俗风。
沧桑年岁堪回首，华发笑看桃李红。

◎ 杨先云

杨先云，1961年生于大竹县，曾任大竹县委宣传部副部长、县文联主席、县社科联主席。

春游五峰竹海随感

空林信步拾新笋，野涧随竿钓晚炊。
归去竹轩一盏酒，杜鹃声里慢推杯。

◎洪 牧

洪牧，1925年生于达县，1945年脱下学生装参加革命，1948年加入中国共产党，达州进修学校高级讲师，1986年离休。出版《洪牧词选》。

临江仙·咏怀

明镜朝朝催白发，夜来风雨堪惊。神州八亿齐奔腾。缘何睡不稳，国运最关情。

莫把此生闲度却，闻鸡当起五更。半腔热血犹可倾。纵使力衰竭，腐草尚为萤。

蝶恋花·忆城北朝阳洞

犹记儿时嬉戏处，有洞朝阳，去城十里许，蝶舞莺飞花满时，凉风习习避溽暑。

意欲重游失旧侣，沧海桑田，往事休回顾。历史长河今亦古，何须辨尝乐与苦。

高阳台·达城天桥神思

江馆虎迹，破檐残漏，凄清僻址堪怜。地转天旋，荒凉尽付云烟。车尘蔽日人潮涌，欲横穿，蹙眉愁颜。喜长虹，天外归来，信步安然。

桥头入夜彩灯闪，共交辉星斗，结伴婵娟。凝目神思，纵横驰骋海天。通州司马尚重到，定惊呼，梦耶人间！抚桥栏，旧句轻抛，泼墨新篇。

◎胥 健

胥健，1958年7月生，四川省岳池县人，大学学历。历任广安地区行署秘书长、广安市委常委、宣传部长，达州市委副书记、纪委书记、市人大常委会主任等职。中华诗词学会会员，《大巴山诗刊》荣誉主编，其诗词作品零散发表于报刊，出版词集《岁月浅吟》。

诗观：不无病呻吟，不低俗媚艳，不食古不化，不远离时代。

满江红·龙潭怀古

栈道悬空，登临处，崖危洞叠。人道是，古人村落，祖居岩穴。蛮洞枕戈霜月冷，龙潭练剑藤甲热。隐深山，演武伴飞泉，狼烟隔。

执板楯，操弩钺。擂战鼓，摧山岳。问山中可是，古賨人也？伐纣助周歌与舞，亡秦灭楚功和业。宕渠风，激荡数千年，今尤烈！

清平乐·独秀峰

一峰独秀，孤傲天生就。默对巴山长守候，万古情怀依旧。
饱经天地风霜，懒观尘世沧桑。闲共云飞霞舞，风姿犹显还藏。

西江月·龙潭河

梦系龙潭皓月，情牵夜雨巴山。高峡深处淌清泉，水碧竹幽林暗。
鸟啼人间仙境，鸡鸣世外桃源。觉来旭日挂山巅，风爽天高云淡。

贺新郎·读志

巴史何其早。拥西南,伏羲为祖,始于后照。濒水而居渔猎守,蛮洞时闻鼓角。架栈道,险惊飞鸟。盐女巴王神话壮。纵英雄,豪气化虎啸。相梦忆,情难了。

风云变幻顺天道。勇为先,前歌后舞,把殷横扫。柳叶剑出秦楚定,板楯虎贲堪傲。秉忠勇,义天同晓。今日宕渠风正盛。看巴山,千嶂春未老。松更劲,峰犹峭。

武陵春·巴山梨花雪

四月缘何飘瑞雪?万树尽冰香。沐露临风浴暖阳,玉蝶舞霓裳。
莫叹匆匆春渐暮,彼歇此芬芳。叠彩巴山花季长,春久驻,任徜徉!

桃源忆故人·情醉丁香谷

峡幽水碧石奇处,洁白琼花无数。夹岸芳菲寻步,情醉丁香谷。
桃源试问今何顾?潭洞又添飞瀑。陶令携来同住,诗酒醺寒暑。

巫山一段云·赠七里沟书画院

翠谷一泓水,山庄七里沟。泉声松色锁雕楼,林壑鸟啁啾。
日夕园犹静,月明境更幽。耕云种月竞风流,彩笔绘春秋。

望海潮·观全国新农村文艺演展感赋

秋高云丽,水天辉映,莲湖景色独妍。染紫披霞,镶金裹翠,舞台融入田园。万众叠人山。看五洲艺秀,四海歌仙。异彩纷呈,乡亲父老尽开颜。

谁言古郡荒蛮?昔凄惶之地,早换人间。竹枝曲柔,巴渝舞劲,宕渠又唱新篇。胜景喜空前。更文经联袂,达海通川。尤显巴人气概,天下勇为先。

满庭芳·访荔枝古道传统村落

山作芳屏,水为玉带,村庄古韵长存。荔枝故道,驿马旧曾鸣。千载巴山蔽隐,化外地,鸡犬还闻。院棋布,吊脚楼廊,风物此犹淳。

欣临,惊羡叠,民居有范,石刻皆精。更耕读传家,忠孝唯钦。每感乡贤立表,族风正,世代相承。环宇问:桃源可在?是处或能寻。

如梦令·仙女洞之梦

洞并幽峡永共,穴与溪流相拥。艺窟疑天留,又欲飞龙翔凤。追梦,追梦,更把奇卓呈奉。

诉衷情·同学南充重聚有感

四旬一别又重逢,笑顾妪和翁。秋霜渐染无悔,岁月各峥嵘。嘉陵畔,忆犹同,更情浓。夕阳寄梦,把酒开怀,其乐融融。

巫山一段云·咏犀牛山

翠岭藏山寨,玉湖映碧峰。瀑飞深涧出霓虹,山水画图中。
林静子规啼,春深花露浓。犀牛高卧浴霞红,朝夕品松风。

柳梢青·州河忆

源自幽峡,碧波南下,浪涌天涯。跌宕巴滩,曾经贫瘠,也历繁华。
犹珍往日清嘉。岸草绿,柳梢吐芽。白鹭鸣沙,渔舟唱晚,逝水流霞。

踏莎行·元九登高节

一域民风,千秋古俗,每逢元九登高处。戛云亭上且歌吟,凤凰山顶犹极目。
岁岁相约,年年进步,艳阳高照春风顾。成群结队举城出,欢声笑语山行路。

踏莎行·游莲花湖

几甸芳洲,一泓碧水,凤凰山下莲湖美。水天相映荡清涟,彩舟片片波光媚。
恰似明珠,宛如翡翠,湖光山色呈祥瑞。游人若织踏新桥,莺飞鹤舞春风醉。

清平乐·八台山观日出

登峰远眺,夜退群山渺。云海翻腾红日照,碧落绮霞万道。
八台峙立川东,雄峰柱顶苍穹。寒晓凭高俯仰,犹融地阔天空。

人月圆·共婵娟

今宵谁把天香洒?馥郁满中秋。苍穹透碧,银辉泻玉,月照河洲。
邀朋会月,霜华又渐,醉问何求?凤凰与舞,婵娟以共,诗酒还酬。

忆秦娥·巴山月

清风夜,苍穹高挂巴山月。巴山月,玉辉万里,松涛千叠。
纵虽明月常圆缺,巴山守望同凉热。同凉热,年年岁岁,时时刻刻。

满庭芳·登峨城山

古寨虎踞,峨城雄峙,将军石傲苍穹。沧桑历尽,故垒镇川东。千古几多征战,风云会,谁是英雄?只留下,残垣断壁,几度夕阳红。
登峰,极目处,群山竞秀,竹海春浓。喜禽鸟争鸣,草木欣荣。多少如烟往事,休回首,一笑而空。春为伴,山花烂漫,共与舞东风。

◎郑清辉

郑清辉,女,1975年5月20日出生,毕业于达州师范学校,酷爱诗词,现跟随甘肃省诗词学会副会长萧雨涵先生习词。

诗观:一个真正的词人,不管在什么环境,他的内心一定是纯洁、善良、美好的。

西江月

柳眼初噙翠色,笋衣暂裹春光。晚来微雨细敲窗,敲在玲珑心上。
记得青梅豆蔻,情丝着意深藏。花前月下怕思量,背影偷偷凝望。

诉衷情令·人生感怀

愁多未敢看桃花,羞同一树霞。纵持风韵依旧,争奈玉珠斜。
春易谢,月难赊,莫强加。谁携酒去,落英夕照,流水琵琶。

鹊桥仙·童年

蜻蜓几拨,黄儿是我,园里雪樱千朵。莺歌雀语爱春光,婉转在,花间碧落。
斜烟在陌,清溪流左,舍得衣衫横卧。梦中犹绕好风情,更将那,樱桃笑破。

鹧鸪天·过八台山独秀峰

造物从来独秀难,桀骜只合享孤单。罗衫羽色妍终古,松寺禽声报晓寒。
云散淡,意翩跹。襟怀多少不曾言。今宵许我玲珑月,徒倚衡门久久看。

卜算子·过独秀峰

晓雾远蒙蒙，遮断巴渝岭。闲数寒鸦三两声，隐约孤峰影。
川路奈何长，盘道西风冷。伫望千年人未归，雨霁烟村静。

卜算子·登戛云亭

诗壁渍痕深，日暮流云薄。莫向亭台最北端，人在垂杨陌。
莺语久相违，丝柳疏慵着。回首江天两渺茫，秋叶徐徐落。

◎贾之惠

贾之惠，1922年生于达州，达县政协原副主席。主编《戛云诗稿》等多部诗文专集。

春日独酌

临窗独酌望晴空，闲听黄莺鸣柳丛。
谁道落红亦嗜酒，飘来两瓣入杯中。

◎郎 英

郎英,笔名兰心,四川省宣汉县人,大专文化。宣汉县作协会员、宣汉县古诗词协会副秘书长、达州市诗词协会会员、中华诗赋网常务版主。其作品见于《大巴山诗刊》《巴山文艺》《达州日报》《戛云亭诗词》《新宣汉》《巴人文学》《中华诗赋网》等网络报刊杂志。

诗观:有景有情便可诗,矜持、婉约。对景对物对人充满感情,便有诗词的灵动。

苏幕遮·踏春

草烟低,香气乱。水浸春云,啼鸟声声唤。且喜新芽枝上满,作伴东风,簇拥红霞片。

遂平林,行户苑。摘取春光,青眼都过遍。好叫斜阳花色挽,说不流连,却又流连看。

卜算子·题图(红菌覆白雪)

着一袭红妆,好个玲珑样。碎剪寒风不肯离,固守松阴帐。
意欲梦佳期,遂与君同畅。玉骨冰心两合盟,清气清厮酿。

临江仙·老家探梅

卧入寒云魂梦,迂回雾帐幽香。看来非是色寻常。横枝开遍了,谁个识凄凉?
犹记去年清照,苍苔暗锁千霜。空庭度影动柔肠。朔风如解意,切莫折孤芳。

唐多令·悯农

暮色暗云流,街灯一应收。拂面风清过南楼。听得园林深处闹,当此刻,片凉秋。

期雨雨难酬,静心心尚忧。悯农人,久旱生愁。苗木晚来珠露少,山林鸟,杳啁啾。

望江南·桂花香

摇风影,芳馥叩云关。纵是重帘休可隔,西窗相守佐成餐。何道是人间?
凝月榭,刺破碧团栾。香雾撩人清入腹,当凭风露梦千千。唯恐被霜残。

满庭芳·游峨城竹海

烂漫山花,苍茫竹海,层峦云阁高峰。浮烟啼鸟,清气引清风。道是桃源世外,尘埃净、诗画同宗。凝眸望,移云拂日,似要破天宫。

销魂,当此际,雅楼闲坐,笑语融融。再临近、澄湖映影滋容。曲径通幽深处,飞瀑泻、流水淙淙。神仙地,流连忘返,琐事顿成空。

生查子·听雨读书

燕鸣声复声,雨曲弦弦断。独坐呷诗文,一把闲愁遣。
唐诗又宋词,辗转光阴远。悟彻了沧桑,怎写相思卷?

鹧鸪天·东林赏景

山极处淡云飞。殷勤燕子频张翅，慵懒蝉儿每唱围。
怀景致，荡心扉。柔情且任暖风吹。清魂兀自抒胸臆，春暮莫嗟花事违。

阮郎归·次韵苏轼·初夏老家感怀

绿深门户引鸣蝉，萦回似弄弦。枝头香絮袅如烟，人儿无意眠。
春暮到，景重翻，蔷薇半院燃。一襟喜悦涌心泉，花开月也圆。

临江仙·夜宿渡口

响彻云霄薅草鼓，深情展露眉舒，妹哥对唱不翻书。乱山遮不断，谷壁两相呼。

河水哗哗声入户，闭窗听有还无，眠来未晓几更初。梦中峡秀丽，渡口过仙姑。

江城子·中秋夜

半帘幽梦许君家，念无邪，尽参差。此夜又将，对月影窗纱。方晓诗情千里路，欢情薄，叹浮华。

满城风絮只灯斜，那谁家，弄琵琶？一墨寒凉，怎寄向天涯。怕到断云深夜处，秋露冷，起啼鸦。

鹧鸪天·春醉

庭树闲钩雀语哗,春风入赘老农家。昨宵檐外发微雨,今暮田园砌菜花。
游翠岭,捕朝霞。山深忘了几年华。烟迷鸟影双眸处,黄柳鸣莺燕尾斜。

鹧鸪天·初秋

银阙初凉雁信迟,凭栏独立不邀诗。清风冷雨常光顾,淡月微云偶入词。
谙往事,惹相思。思来渐瘦楚腰肢。灯昏月暗难成醉,一枕轻寒梦醒时。

高阳台·七夕从笔

纤月浮云,鸣蝉弄树,天街夜色初张。卧看银河,不堪牵肚萦肠。星光历历悠悠梦,怅望间,羡煞情长。巧无凭,露槛同凭,昔去年光。

经年七夕相从阙,动人幽意少,思只深藏。怎得银笺?殷勤赋得华章。纵识脉脉迢迢路,惯伶仃,数落红殇。怕人知,几缕秋心,几点寒凉。

鹧鸪天·岁末感怀

不慕虚名只祈安,好拈词阙倦吹弹。了知尘世都如梦,须信书中别有天。
诗竹菊,品梅兰。横窗钩月朔风寒。个中滋味谁能悟?岁月匆匆又一年。

高阳台·书香里的阳光

新岁如常,尘云已往,占年更喜书香。贺客屏中,诗词旦赋倾囊。轻烟欲把新寒锁,入帐风,犹隔梅香。曲相围,云水禅心,意味深长。

醉中折尽闲愁缕,一帘思渺渺,少入文章。解引幽人,坐拥无限春芳。功名得失看轻些,驻心间,几净明窗。景如初,梦也如初,满纸阳光。

◎ 秦雪梅

秦雪梅,女,笔名,半落梅花。1983年生,四川省达州市大竹县人,教师。作品散见于《长白山诗词》《诗词月刊》《遂宁诗词》《诗词百家》《诗词家》等杂志。

诗观:以我之手写我之心。

母亲节,致母亲

多少辛酸独自尝,红尘深处是沧桑。
人间纵有花千朵,不及母亲怀抱香。

如梦令·夏晨

竹惹清风绿满,荷底小鱼摇伞。惊落露珠儿,溅起香波纷乱。贪看,贪看,水墨丹青一卷。

◎龚懋光

龚懋光，1926年生，达县师范专科学校（现四川文理学院）副研究员。

书　怀

1979年春，接右派改正通知书，百感交集，作此篇。
　　青鸟传来改正声，妻儿欢跃泪纵横。
　　诗书尘垢随风去，桃李门墙伴雨生。
　　白发频添惊老耄，红旗高举喜年轻。
　　从今策马阳关道，扑面春光尽是情。

◎梁上泉

梁上泉，四川省达县人，中国作协会员，国家一级作家，曾任中国诗歌学会、四川省作协、重庆市作协副主席，第七届全国人大代表，集诗人、剧作家、书法家、歌词家身份于一身，已出版了各种集子三十余部，不少作品选入大中小教材，并有文艺作品译成多种外语。享受国务院专家津贴。

喜庆解放

　　城乡齐解放，天地一番新。
　　雪似花迎我，冰如镜照人。
　　夜歌从此止，晨曲正开音。
　　喜泪盈双眼，待看万木春。

桃园秋色

巴山一夜风,木叶烛天红。
色比桃花艳,秋如春意浓。
初来抚异树,独坐数群峰。
恋恋不思去,梦留幽谷中。

村　晨

云冻雾迷离,山高人户稀。
晨村空寂甚,天地一声鸡。

◎章文仪

章文仪(1928—2012),四川达县罗江人。民革党员,曾在教育、公安、行署等处工作,著有《仰雪轩诗文集》。

重九有感

倏忽又重九,岁岁每登临。
今秋议改弦,会聚州水滨。
峥嵘杳春梦,潦倒付烟云。
酣畅说兴废,激扬话古今。
凭栏望晴空,举杯邀翠屏。
垂老殊不察,但歌夕照明。
精卫思填海,老马恋征程。
位卑赤子意,未敢忘忧民。

◎章继肃

章继肃（1922—2015），字树公，别号巴石。中国书法家协会会员、达县师范专科学校（现四川文理学院）副教授、中文系主任、四川省书法家协会理事、达州市书法家协会主席、四川省第五届人民代表。有多部书法著作。

张爱萍泰山题刻

将军题刻处，停步一观之。
疑是惊人句，却原摩诘诗。
此中多意趣，登顶乃能知。
但去莫复问，白云无尽时。

寄谢张成茂夫妇

车行二百里，次第野灯红。
星落断山外，客来暮霭中。
盛宴开桂馥，古阙访岩峰。
安排劳君计，归犹乐未穷。

◎ 符 毅

符毅，男，1977年生，四川省宣汉人，工人。

诗观：诗词主张抒写真性情，为时为事而作。

登宣汉笔架山

老去孤怀愈不群，登高兀自带残醺。
飞禽下面江山小，落日关头昼夜分。
顶上大风掀白发，眼前无路接青云。
几人解此苍茫意，忍对东边一片坟。

◎曾宪焘

曾宪焘，男，1935年1月生，四川开江县人，西南俄文专科学校肄业。1950年8月参加工作，曾在达县党政机关和大中专院校从事秘书、行政和教学工作45年。曾主编或参编书刊10余种，在国内外报刊发表文艺作品千余件，出版自书诗词集《坐看云起》、篆刻选《石乐印存》和与妻合著的诗文选《水木集》《晚萃》。现为中华诗词学会会员、四川省老年诗词创作研究会顾问、达州市戛云亭诗社副社长、《戛云亭诗词》主编。

诗观：诗很好玩。玩诗，是情感的释放，是精神的寄托。一首诗就是一个梦、一段情、一片心，就是一次与生命的对话。好诗有如珠玉，须要反复琢磨。喜爱那些情真、意深、音美、语新的诗作，视其为良师益友、知心恋人。讨厌那些无病呻吟、食古不化、粗制滥造的劣诗伪诗，视其为"注水肉""地沟油""污水池"。

【中吕宫】喜春来·春晓

翠堤春晓清香送，又染东方一抹红。新苗老圃竞青葱。后凋松，今日情尤浓。

【双调】殿前欢·老年大学

乐无边，看新朋老友满堂欢。任花开花落何须叹，理得心安。歌声儿流水般得脆而鲜，舞步儿行云般得美而健，笔头儿彩霞般得璀而璨。恰便是神仙似我，我似神仙。

【双调】殿前欢·赠老塞

醉石斋，清风阵阵扑鼻来。笔头风月多精彩，别样情怀。把官儿位儿全抛开，置钞儿票儿于身外，遇沟儿坎儿大步迈。端的是奇才老塞，老塞奇才。

【双调】殿前欢·"天才"

赛诗台，一挥而就不凡才。行空天马如风快，何等悠哉！青莲醉眼开，子美躬身拜，元白焚香待。怕只怕，张三道左，李四门歪。

【双调】沉醉东风·吹牛

肥皂泡天花乱坠，吹破的牛皮海积山堆。乌鸦变凤凰，贤良成厉鬼，豆腐渣胜过山珍海味。黑白不分是成非，冲壳子何曾犯罪！

【双调】沉醉东风·月下

云中月躲躲藏藏，船里人摇摇晃晃。你低唱月儿圆，他轻奏星儿朗，双双堕入情网。任鸳梦随风远翔，忘却了东方既亮。

【双调】沉醉东风·赠郭清发诗友

云淡淡仙风道骨，韵悠悠意厚情笃。深深尘世缘，漫漫人生路，凝结成多少甘苦。无限江山醉双眸，好风景并非都在最高处。

【越调】小桃红·话筒

唇翻舌滚唾星飞，谁个能插嘴！西扯东拉不知累。话成堆，坐而论道心儿醉。天南地北，颠三倒四，乱侃又胡吹。

【越调】小桃红·寄怀

莲开并蒂梦中缘,朝夕长相伴。日烤霜涂色难变。寸心丹,笔头风月堪欣羡。此生唯愿,凝成书卷,守候你身边。

【正宫】叨叨令·书市

新崭崭的红楼水浒论斤卖,金灿灿的诗经论语如流丐。赤裸裸的下半身文学逗人爱,明摆摆的地摊八卦百官拜。变态了也么哥,变态了也么哥,苏黄孔孟可知怪?

【正宫】叨叨令·夏日

炎炎夏日当空晒,滔滔热浪铺天盖。二餐厌食成常态,一丝不挂莫惊怪。透心凉也么哥,透心凉也么哥,大盘重现绿丝带。

【正宫】叨叨令·情痴

寻寻觅觅焚香拜,殷殷切切开怀待。朝朝暮暮同杯筷,风风雨雨共遮盖。万缕情也么哥,万缕情也么哥,三生难了这风流债。

【中吕宫】满庭芳·赠某副刊编辑

文丛畅游,凝眸远眺,喜上眉头。清波万顷朝霞透,乐也悠悠。作嫁衣,何惜骨瘦?烹美肴,怎怕背油?勤挥手,锦心绣口,碧血写风流。

【南吕宫】二犯朝天子·文抄公

天下文章一大抄。无奈功夫浅,手艺糟。专心抄虎却成猫,把头搔。堪称干劲儿高,暮抄朝也抄,暮抄朝也抄。

【中吕宫】山坡羊·赠青年诗人金梅

三餐无味,二更难寐,一腔热血浇奇卉。苑葳蕤,径芳菲,春光无限心儿醉。衣带渐宽全不悔。金,多纯粹;梅,多妩媚。

【仙吕宫】一半儿·减肥

几多燕瘦变环肥,赘肉脂肪满腹堆,海吃狂喝倾玉杯。懒描眉,一半儿彷徨一半儿悔。

【仙吕宫】一半儿·奢婚

玉环钻戒配成双,貂褥狐裘如虎狼。乐坛娇妻愁坏娘。凤求凰,一半儿心酸一半儿爽。

【仙吕宫】一半儿·杂吟三首

天涯咫尺怎分清,万里犹闻心跳声,对坐如横千丈冰。不遑听,一半儿温馨一半儿冷。

难忘破晓试飞雏,春日欣逢红袖扶,两手相牵心不孤。望云途,一半儿香甜一半儿苦。

昨天还是一枝花,今日当成豆腐渣,老眼难分金与沙。且由他,一半儿装聋一半儿傻。

◎曾繁峻

曾繁峻，四川达州人，1943年10月生，曾任四川达川地区轻工局、化工局、纺织局局长，高级统计师。中华诗词学会、四川省作协、四川诗词协会会员，戛云亭诗社社长，已出版了《光华之歌》《巴山新韵》诗集，在六十余家刊物发表200多首诗词。50年间创作了7000余首诗词。

五杆桥小景

公路不平车少通，渡槽飞架水腾空。
卧牛石上牛何在？可入春耕画图中。

由达飞蓉机上口占

有幸骑鲲鹏，扶摇上太空。
山河红日下，村镇绿荫中。
跃进人千里，航程景万重。
倚窗极目望，巴蜀焕新容。

青玉案·拜谒成吉思汗陵

伊旗诺镇成陵路，漫漫直通古今，一代天骄留勇武。雕鞍骏马，神弓佳侣，安息知何处？

祭坛肃穆净尘土，帝国兴衰谁做主？通道箴言铭肺腑，敖包台榭，风流甘苦，游客悄悄语。

临江仙·洋烈水乡素描

引进州河流动景,湾成绿水青山,波光淼淼镜中天,蔚蓝飘鹤影,芦苇吻岚烟。

灾后频添新画卷,群鸭自在追欢,小船荡漾碧云间。断垣爬翠蔓,印记话当年。

◎蒋 娓

蒋娓,网名清心竹,女,公务员,1970年生,中华诗词学会会员,香港诗词学会会员,四川省诗词协会会员,达州市诗词协会副秘书长,《大巴山诗刊》和《戛云亭诗词》编辑。

诗观:诗之所以为诗,贵在有诗味,贵在有灵气,贵在含蓄委婉,贵在表达作者真情实感,贵在有音乐般的韵味。作诗,要不厌其读,不厌其改。

夏夜宿佛缘山庄

地僻山深傍化城,烟萝云树少人行。
闲听蝉韵穿林樾,静沐书香忘姓名。
风胜空调凉意爽,室无蚊蚋睡魂清。
枕边松影窗边月,最是催眠打板声。

喜见山乡人饮工程

时藏时现走龙蛇,一管清泉山野家。
厨屋泠泠淘蕨菜,农田汩汩润桑麻。

门边铁桶满身锈，井口青苔数点花。
最是儿童欢未足，水缸投食戏鱼虾。

鹧鸪天·春闹小园

晴日暄风入小园，欢声笑语任喧阗。光头稚子抓"坏蛋"，丱角丫头放纸鸢。莺恰恰，蝶翩翩。百般红紫斗娟妍。等闲热闹由他去，容我春阳底下眠。

汉宫春

满地残红，正西风料峭，卷尽芳尘。枝头寒菊，色老尤抱香魂。空庭寂静，更哪堪，断雁声闻。桐树下，残蝉影绝，未知更有谁邻。
一霎阳乌西坠，便寒凉骤浸，室暗灯昏。无聊闲调丝柱，清韵犹存。高山流水，算知音，唯有孤云，声悄悄，窗前探首，曲终不肯离人。

风入松·访八台山独秀峰

重峦翻尽立层巅，昂首望天边。肌贫骨瘦心憔悴，又还是，簪树衣烟。绝壁更教身直，风霜休使腰弯。
万般辗转到卿前，恍若识初颜。卿心卿意谁明了，倩回首，试看前缘。可恨当时浓雾，迷漫又是千年。

江城梅花引·醉茶

斜风细雨透寒门。冷三分,暗三分。手揿铁壶,且待共茶温。普洱陈皮相和煮。香雾袅,一丝丝,误幻真。

幻真,幻真,欲断魂。汤色殷,滋味醇。醉也醉也,醉倒煞,贪盏茶人。席地而眠,梦与孔周论。只愿醉茶朝复夕,休去管,月蒙尘,日色昏。

青玉案·谒冯焕阙

寒秋更著帘纤雨。怕冷湿,冯君墓。残立野田朝复暮。千年汉阙,一抔黄土,似有冤情诉。

生前多少辉煌处,只作官衔两行叙。漠漠光阴谁作侣,繁花败叶,金乌玉兔,陌上闲鸥鹭。

◎詹三霞

詹三霞,字蒨之,生于1996年,四川达州人,毕业于苏州大学文学院。作品曾入围首届"云溪杯"诗词大赛。

诗观:诗不是"为赋新词强说愁",它处于内心最柔软的一块角落,产生共鸣时,便如潮水般喷涌而出,一气呵成。

村居所见

空山雨后树葱茏,垂线溪边一老翁。
坐钓千峰波底秀,浮云都在有无中。

临江仙

一夜雨来消暑热，远山云雾空蒙。白鸥飞至绣图中。苍松添翠黛，斜燕入帘栊。

茅屋远尘堪醉我，独收千里清风。谁言山野少人踪。溪边三钓叟，舟上一诗翁。

◎雍国泰

雍国泰（1920—2015），四川渠县人。享年96岁。川大毕业，曾是渠县人大代表，政协委员。达县师范专科学校（现四川文理学院）副教授，达县地区历史学会会长，省历史学会理事。出版了《桑榆诗稿》《野鹤集》《闲云集》等。

汶川十首选二

一

琴碎音消思邈然，闲云野鹤任流连。
多情唯有威州月，犹自夜深伴客眠。

二

小窗明月客衣单，孤枕薄衾滋暮寒，
风动梧桐人静后，幽然一梦绕通川。

◎谭顺统

　　谭顺统，网名博客天下，号明月散人，男，1950年8月出生，开江新宁镇人。西南师大中文系毕业。中华诗词学会会员，四川诗词协会会员。当过兵，教过书，1990年调任县文教局副局长。平生爱好诗词，创作勤奋，现存诗词及辞赋、楹联3500余件，700余首在《星星诗词》《九州诗词》《中华古韵》《长白山诗词》等各级刊物发表。出版个人诗词专集《洗诗明月湖》《云痕一抹》《秋韵》三部。参加全国各类诗词、楹联大赛13次获奖。2012年中华诗词论坛建坛十周年庆典活动中被评为论坛"十大高产诗人"。

　　诗观：为诗主张工稳而不失流畅，清新而不失绵厚，平和而不失雅致。主张反复锤炼，精心缝合。反对生涩板滞，强拼硬凑，装腔作势。

山里人家

瓦舍参差三两排，鸡啼犬吠唱和谐。
阿婆调食唤雏鸭，老汉挥斤劈木柴。
浅醉才知清酒好，酣眠更觉小儿乖。
恬然守候山林里，只识清风不识霾。

秋　韵

飞鸿留字亦留声，一路关河细点评。
园因橘香风派送，山开花市蝶经营。
湖中船载渔歌去，松下云扶酒客行。
我欲题诗红叶上，还劳黄耳报卿卿。

山村访友

桑阴小径了无尘,竹影葱茏瓦舍新。
一树玉兰抛媚眼,半塘锦鲤噘红唇。
不惊野雀啄虫乐,却笑公鸡斗嘴频。
村酒三杯情切切,老来更觉故人亲。

秋山行之一

翩翩小黄蝶,领我过山垭。
秋涧玻璃水,松针翡翠花。
挥竿扑银杏,碎石碾金沙。
老院鸡鸣处,门吞一束霞。

癸巳杂吟之一

怅望残阳欲下坡,吾心戚戚又如何?
青天修月无神斧,沧海寻珠有恶魔。
林大从来飞鸟杂,塘污自是烂虾多。
平生不屑谄媚客,独向松山听鹤歌。

中秋漫题

读罢飞鸿字一行,始知世事费评章。
沙溪细瘦悠悠远,山菊卑微朵朵香。
每笑罂花常涉毒,如何银杏也关黄?
人生得意须持重,休为荣华认错娘。

踏 青

已是兰芬满袖襟,清溪为抚伯牙琴。
低飞水鸟破鱼阵,浅笑桃花乱蝶心。
吟兴不辞荒漠远,乡愁每系野山深。
松风揽翠三千里,挤进诗行弄大音。

漫 成

每驾轻舟逐逝波,则同鸥鹭共婆娑。
兰花移在诗中养,水月携来砚内磨。
探险不惊云暖巇,搜奇深恐日蹉跎。
欲从江海采真气,切莫斤斤计较多。

军 嫂

三月桃花红一坡,盈盈秀目泪滂沱。
军功喜报频频吻,甜蜜欢盛小酒窝。

南歌子·新村

水岸林归鸟,田头草鼓蛙。驱羊嫂子过山垭,鬓角偏还斜插一枝花。
家境皆趋好,心情自不差。纵然翁媪嘴无牙,兀那干巴脸颊也飞霞。

高阳台·初春信笔

鸟唱东林，鱼飞北浦，郊原淡淡春痕。柳眼初开，偷窥杏启红唇。山溪一脉清泠水，浪淘沙，格外精神。更高天，白鹤翩然，叼走晴雯。

青山一袭云衣破，有松针柳线，巧为缝纫。万象欣荣，分明天降隆恩。花红恰是春将去，陟蟾宫，切莫逡巡。笑诗家，两鬓萧疏，不舍耕耘。

◎廖灿英

廖灿英，笔名颤音，1949年生于开江。中学语文学科特级教师，开江中学原工会主席。中华诗词学会、四川省作家协会、四川省诗词学会会员，开江县诗词协会会长。在《中华诗词》等杂志发表作品。有诗文集《古诗今吟》《六十初度》《颤音文论》，并参与主编诗词合集《诗意开江》一套四册。

诗观：诗词应当清新一点，流畅一点，形象一点，灵动一点。

晨柳送别

枝上蝉声歇，丝头素月游。
浓浓一杯酒，三步两回头。

竹枝词·回老家

疾步若狂摔一跤，桥边老柳把头摇。
弯腰伸臂要相挽，好个当年淘气包。

犁　田

春天来到犁耙上，汗播西畴耕事忙。
昨夜一镰秋雨梦，手头还有稻花香。

游　湖

一盏清茶一叶舟，骚人载兴放歌游。
漫摇水色山光韵，桨绘故园春与秋。

赠书法爱好者文培先生

金口欲开先动眉,当肩一拍笑相随。
问君今日有何喜,柳骨颜筋满载归。

科技馆

地接天球露未晞,蓝蓝宇盖白云低。
晨光一抹山河秀,金馆腾飞小镇西。

登临程家大院

桥过云龙背,足登千级梯。
门前生晓雾,院内听天溪。
仰对孤峰缈,俯临双涧低。
迟迟方欲返,半壁一声鸡。

播 种

落锄哥排阵,提篮妹散花。
乐抛千滴汗,催发一坡芽。
活路手头赶,时光指上划。
眉飞色舞处,红晕映朝霞。

犁　田

手把犁头稳，梨花岭下耕。
银铧剖泥浪，青牯丈前程。
展劲追云去，扬鞭撩雾行。
一杆烟未了，点起漫天晴。

门前高速路

仙耳岩头舞劲松，山腰宝马借长风。
直行如发雕翎箭，弯转犹开铁臂弓。
搭起鹊桥三峡近，拉伸蜀道九州通。
神龙见尾不见首，一路嘶鸣飞向东。

如梦令·渠县呷酒

　　一呷神怡心旷，再呷激情千丈。三呷暖洋洋，耳畔惠风摇漾。豪壮，豪壮，忆及当年模样。

蝶恋花·宝塔坝春早

　　溪舞银蛇云弄巧，塔影纤波，镜里天光小。古刹钟声和雾绕，平川一马追芳草。

　　大地回春寒料峭，燕语呢喃，惊诧游人早。几串歌飞几串笑，轻风唤柳骄阳照。

◎魏传统

魏传统（1908—1996），四川省达州市通川区人，当代著名书法家、诗人。中国楹联学会首任会长。1926年加入中国共产主义青年团，1928年转为中国共产党党员，1933年参加中国工农红军。中华人民共和国成立后，任中国人民解放军总政治部秘书长兼宣传部副部长，中国人民解放军政治学院政治部副主任，解放军艺术学院副院长兼副政治委员、院长，中朝友好协会副会长。1955年被授予少将军衔。中国文联第四届委员，中国民间文艺研究会第二、三届常务理事，中国书法家协会理事，总政治部宣传顾问，中国老年书法研究会常务会长，中国圆明园学会首任会长。中国人民政治协商会议第五届全国委员会委员，第六届全国政协常务委员。晚年常写五言、七言绝句，他精通书法艺术，全国名胜古迹多有他题写的碑铭和楹联匾额。有诗选《追思集》《江淮敌后烽火》等传世。

题巴山英烈诗文

慷慨悲歌浩气存，矢志斩断旧乾坤。
巴山英烈永遗爱，益州天府听泣民。

回　乡

暮宿塔沱不欲归，晨上戛云看朝晖。
乐问通川旧址事，喜看凤凰展翅飞。

达县蒲家英烈园

参谒英烈园，奋发振心天。
铮铮铁骨硬，历历挽狂澜。